大魚讀品
BIG FISH BOOKS

让日常阅读成为砍向我们内心冰封大海的斧头。

幸福家庭的秘密

[美]玛丽·希金斯·克拉克 著
曹艺凡 译

MARY
HIGGINS
CLARK

WHERE ARE THE CHILDREN?

四川文艺出版社

图书在版编目（CIP）数据

幸福家庭的秘密 /（美）玛丽·希金斯·克拉克（Mary Higgins Clark）著；曹艺凡译. -- 成都：四川文艺出版社，2020.8

书名原文：Where Are The Children

ISBN 978-7-5411-5489-8

Ⅰ.①幸… Ⅱ.①玛… ②曹… Ⅲ.①长篇小说—美国—现代 Ⅳ.①I712.45

中国版本图书馆 CIP 数据核字（2020）第 054211 号

著作权合同登记号 图进字：21-2019-396

XINGFU JIATING DE MIMI

幸福家庭的秘密

［美］玛丽·希金斯·克拉克 著　曹艺凡 译

出 品 人　张庆宁
策划出品　磨铁图书
责任编辑　荆　菁
责任校对　汪　平

出版发行　四川文艺出版社（成都市槐树街 2 号）
网　　址　www.scwys.com
电　　话　028-86259287（发行部）　028-86259303（编辑部）
传　　真　028-86259306

邮购地址　成都市槐树街 2 号四川文艺出版社邮购部　610031
印　　刷　河北鹏润印刷有限公司
成品尺寸　146mm × 210mm　　开　　本　32 开
印　　张　7.75　　字　　数　150 千
版　　次　2020 年 8 月第一版　　印　　次　2020 年 8 月第一次印刷
书　　号　ISBN 978-7-5411-5489-8
定　　价　45.00 元

作者寄语

难以置信，距离《幸福家庭的秘密》首次出版已经三十年了。一切仿佛就在昨日。

又逢这个特殊的日子，我看着摆在书架上自己后来所写的书。出于不同的原因，每一本对我都有着特殊的意义。然而，《幸福家庭的秘密》始终在我心中占据着独特的位置。我深爱的事业就是从这本书开始的。有一种幸福的定义如是说："干一行，爱一行。"感谢上苍，我极其幸运地拥有了这样天赐的礼物。

数年来，讲述故事并结识可爱的读者们，都令我乐在其中，我心中满怀着对你们的感激。

言归正传，希望你们能尽情享受这趟阅读之旅！

序幕

砭骨的寒意顺着窗玻璃的裂缝直往卧室里灌。他吃力地从床上爬起来，趺趺撞撞地走向窗户，伸出手摸索着早已备好的厚毛巾，塞住老化漏风的窗框。

溜入室内的寒气摩擦着毛巾，发出轻微的嘶嘶声，让人感到莫名的愉悦。他眺望着窗外雾霭沉沉的天空，目光在浪尖起伏翻涌的白色泡沫上停驻良久。从房子这面看出去，常能见到科德角海湾对面的普罗温斯镇。

他讨厌这个海角。他讨厌这十二月一成不变的阴郁天气，死气沉沉的灰色海水，沉默寡言的冷漠居民那上下打量的眼睛。夏天的回忆也乏善可陈——成群结队的游客在海滩上四仰八叉，甚至爬上临近他住处的海岸堤坝，傻不愣登地盯着底楼的窗户，把手搭在窗户上向内偷窥。

他讨厌雷·埃尔德雷奇在这幢大房子的前庭、后院放置的巨大广告牌，上面写着“待售”，更无法接受雷和他的女下属已经开始带人看房这一事实。上个月纯属交了好运，他入住的时候中介刚刚接手这处房产，更惊喜的是，他住进顶层套间时，望远镜还没被收起来。

时间所剩无几。这幢房子马上会有买主，而他将再也无法租住。这就是他向报社投稿的原因——他想待在这儿尽情观赏她在人前无所遁形……不过现在，得先让她有安全感才行。

他还有些别的事要办，但一直没有合适的时机。她看孩子看得很紧，但他已经等不及了。明天……

他在房间里焦灼地来回踱步。顶层套间的卧室很空阔，整幢房子都很空阔。这原本是一个老船长的房子，粗略扩建成了现在的样子。自十七世纪起，这房子就屹立在乱石嶙峋的山顶上，其视野范围覆盖整个海角，锋芒毕露地象征着一个男人渴望永远全局在握的野心。

但生活并不如此波澜壮阔，只有一地鸡毛。他知道日常所见不过冰山一角。他用双手摩擦着脸颊，房间里虽然阴冷，他还是感到潮热不适。他在一个夏秋之交租住这房子，到现在已经整整六年了。现在这时节跟他第一次入住的景况相差无几，只有几个物件变了位置：客厅的望远镜、特殊时期的备用衣物，以及恰到好处地遮蔽着面孔的鸭舌帽。

除此之外，整间公寓还是老样子：起居室里摆着旧式沙发、松木餐桌，还有钩针编织地毯，卧室里摆着整套黑槭木床具。这幢房子和这间公寓一直都是实现他监视目标的理想场所，直到今年秋天雷·埃尔德雷奇告诉他，他们正竭力把这房子售出并改造为餐厅，租户必须接受售房广告可能会出现在答录机的语音信箱里。

雷·埃尔德雷奇。想起这男人，他的脸上浮现出一抹戏谑的微笑。明天雷从报纸上读到这则故事时会做何感想？南希可曾把自己的身份告诉过他？估计还没有吧。女人可是很狡猾的。如果雷压根儿不知道这事，那就更好了。要是能亲眼看见雷读到消息时的表情那才叫过瘾呢！报纸一般在上午十点多送达，那时雷应该在办公室坐着啦，不过他也许会耽搁一小会儿再去看报纸。

他不耐烦地从窗前别过头。他那树桩般粗壮的小腿把反光的黑色长裤撑得紧绷。如果能瘦点他会很高兴的，虽然这意味着又得挨饿，不过他能忍受这苦差事。必要的时候，他曾经做过。他不停用手搔着略微有些发痒的头皮。如果头发能再次恢复到自然生长的状态，他也会很开心。这片头发曾经很浓密，如果没有剃掉的话，恐怕已经花白了吧。

他用一只手缓慢捋直了裤腿，开始不安地在公寓里踱步，终于在起居室的望远镜前停了下来。这可不是烂大街的寻常装备，它的功能异乎寻常地强大，即便是很多警察局也还没有配备这样的望远镜呢。但天无绝人之路，他偏就搞到了一个。他弯下腰眯起一只眼睛透过镜片凝视着。

天色已晚，厨房里开了灯，南希的一举一动尽收眼底。她正站在厨房临水槽的窗前，大概是在为晚餐料理即将放进烤箱的食材。不过她穿着一件厚实的夹克外套，或许一会儿要出门？她安静地站在那儿，一动不动地瞅着水流的方向。她在想什么？她在想谁？是孩子们？皮特还是丽萨？他很想知道答案。

他的嘴干得难受，便焦灼地舔了舔嘴唇。她今天光彩照人，把头发拢到脑后，露出了完整的脸颊。头发染成了深褐色，不然她那头红棕色的秀发早就出卖她的身份了。明天她就三十二岁了，但看起来比实际年龄更小。她身上有一种令人着迷的少女气息，那样温和、鲜嫩并且娇柔。

他紧张地咽了一口口水。他的嗓子已经干得冒烟了，虽然手掌和腋窝依然非常湿热。他深吸一口气，又咽了一口唾液，然后阴沉地冷笑起来。整个身体随着狂喜颤抖，连带着望远镜也一起抖动起来。南希的倩影在镜头里模糊了，但他并不想花功夫再去瞄准。今天他已经看够了南希。

就是明天！明天这时候他就能看见南希花容失色的神情了。她的真面目将公之于世，她会因恐惧和担忧手足无措，并竭尽全力应付诘问——七年前相同问题就被警察反复追问过。

“省点工夫吧，南希，”警察会再一次这么说，“快点从实招来。把实情告诉我们。你应该知道‘法网恢恢，疏而不漏’。告诉我们，南希——孩子们在哪里？”

第一章

雷一边下楼，一边打着领带。南希坐在餐桌旁，米西在她的膝盖上打瞌睡，麦克跟往常一样若有所思地吃着早餐。

雷揉了揉麦克的头发，倾身吻了米西一下。南希笑意盈盈地看着他。她真是太美了！虽然她的蓝色眼眸旁已平添了些许细纹，但你绝不会认为这是个三十二岁的女人。雷虽然只比她年长几岁，但总摆出一副毋庸置疑的家长式作风。或许他们之间的感情也不是那么坚不可摧——他早注意到在南希那头深色秀发下新生出的红色发根。过去一年里，他有好几次想跟南希坦白：“就让这头发顺其自然吧！”但他一直没敢捅破这层窗户纸。

“生日快乐，亲爱的。”他平静地说道。

他注视着南希那张花容失色的面庞。

麦克流露出惊讶的神色："今天是妈妈的生日吗？你怎么没有告诉我。"

米西也立起了身子："妈妈的生日吗？"语气中透着兴奋与愉悦。

"是的，"雷向他们确认，南希呆滞地盯着餐桌，"而且今晚我还安排了庆祝仪式，我会买一个大蛋糕回家，还有一份礼物，多萝西阿姨也会来跟我们共进晚餐。你觉得怎么样，亲爱的？"

"雷……求求你，别……"南希低声哀求着。

"就这么定了。还记得吧，去年你可是承诺过今年我们会……"

他不该说"庆祝"，确实有好几次，话到嘴边他都咽了回去。不过他明白，总有一天他们得改变南希生日的传统模式。一开始，她彻底躲着他，沉浸在自己的世界中，幽魂一般在房子里和沙滩上漫无目的、浑浑噩噩地闲逛。

好在去年的时候，南希终于松口谈论他们——她的另外两个孩子。她总念叨着："他们应该也很大了……一个十岁，一个十一岁。我很想知道他们现在的模样，可对我而言，就连想象都是奢望……那段日子过得恍恍惚惚，就像曾经做过的一个噩梦。"

"人之常情，"雷宽慰她，"亲爱的，过去的就让它过去吧。你甚至都别再试图回想究竟发生了什么。"

对往事的回忆更加坚定了雷的决心。他俯下身，轻柔且疼惜地拢着南希的头发。

南希抬起头看着他，脸上的神情迟疑不决："我不觉得……"

麦克打断了她，率真地问道："妈妈，你多大了？"

南希发自内心地笑了起来，紧张的氛围奇迹般地得到了缓和，她对麦克说道："这可是个秘密。"

雷飞快地喝了一大口咖啡。"这才是我的好女孩儿。"他说，"听着，麦克，下午放学后我去学校接你，然后我们一起给妈妈挑生日礼物。现在我得赶快走了，看房的租户就快到了，我得先把文件整理好。"

"房子还没租出去？"南希问。

"还没。之前代理过我们房子的帕里什现在又成负责人了。他知道我们有权决定看房的具体时间。要说开餐馆的话，这房子的位置可是妙极了，而且也不用费功夫改装。如果我成功把这房子卖出去，应该能狠赚一笔。"

南希放下小女儿，将雷送至大门口。他轻柔地与南希吻别，感到她的双唇有些轻微的颤抖。这番生日谈话究竟给她造成了多大的困扰？他几乎要本能地冲口而出："别等到今晚了，我哪儿也不去，带上孩子们，我们直奔波士顿吧。"

然而他还是钻进了车里，挥手作别，倒车出库，驶上了蜿蜒泥泞的羊肠小道。顺着这条小路，他将穿越整片森林抵达海角路的交叉口，然后抵达位于亚当斯港口的办公室。

“雷是对的。”南希这样想着，慢慢走回到餐桌旁。是时候抛弃老一套了，停止缅怀，开启新生活的时机到来了。她清楚地意识到一部分自我依然封闭着，她知道自己心里还封存着那些不堪回首的往事，但不止于此。

和卡尔在一起的那段日子恍如隔世。回忆令人煎熬，校园里的教职工宿舍，卡尔变化丰富的声音……皮特和丽萨。这俩孩子当时是什么样呢？他们都跟卡尔一样有着深色的头发，非常安静……有点太温顺了……都怪她太优柔寡断……后来，他们就丢了，两个都丢了。

“妈妈，你好像不太高兴？”麦克盯着她，脸上带着和雷一样的率直表情，就连那直截了当的语气也一模一样。

七年了。南希想着。生活可不就是一连串的七年轮回吗？卡尔过去常常说，每七年你的整个身体都会发生变化，所有细胞都会经历一次彻底的新陈代谢。确实应该迎接新生活了……应该走出旧日阴影。

她环视着这宽敞、舒适的厨房，那有些年头的砖砌壁炉、大块的橡木地板、红色的窗帘，以及不会遮挡港口视野的装饰窗幔。接着，她看向了麦克和米西……

“我不难过，宝贝，”她说，“真的。”

她揽过小女儿，将她抱在怀中，感觉到她温热的身体和甜蜜的依恋。“我刚刚在想你的生日礼物呢。”米西说。长而卷曲的棕红色发丝俏丽地垂在她的耳际和前额。人们常常会问，她这头美丽的秀发是遗传自谁——这家里可有谁是红头发的？

“真棒，”南希回答道，“不过咱们到外面去想吧，你们需要点新鲜空气，一会儿外边就要下雨降温了。”

孩子们穿戴整齐之后，南希帮他们套上了防风夹克并戴上帽子。“喏，这是我的钱，”麦克得意地说着把手伸进了夹克的上衣口袋，“我把它妥帖地收在这儿，现在我就能给你买礼物啦。”

“我也有。”米西骄傲地捧起一把美分硬币。“噢，你们俩可不该随身带着这么多钱，”南希说，“你们会把钱弄丢的，让我保管吧。”

麦克摇了摇头：“要是我把钱给你，那我和爸爸逛街的时候或许就会忘了。”

“我向你保证，一定会提醒你的。”

“你看，我的口袋还有拉链，钱放这里很安全，我来替妹妹保管她的。”

“那，好吧……”南希耸了耸肩，放弃了代管的念头。她心里一清二楚，麦克绝不会弄丢这钱。他很像雷，踏实靠谱。“现在，麦克，我得去收拾收拾，答应我要跟妹妹待在一起哦。”

“没问题，”麦克愉快地回答，“过来，米西，我让你先荡秋千。”

雷给孩子们搭了个秋千架，在屋后面靠近森林边缘的地方，挂在一棵粗壮的橡树枝丫上。

南希给米西套上鲜红色的分指手套，手背上用蓬松的安哥拉兔毛织出了一张笑脸。“别摘下来，”她告诫说，“不然你的手会冻僵的。天已经开始阴了，我不太放心让你们出去玩。”

“噢，求求你嘛。”米西的嘴唇颤抖着。

“好吧，好吧，我不拦着你们，”南希勉为其难地答应道，“但最多玩半小时哦。”

她打开后门送孩子们出去，凛冽的冷风直往衣服里灌，她不禁打了个寒战。她飞快地关上门，返身上楼。这房子的位置以前是个货真价实的海角，楼梯基本上是垂直的。雷揶揄之前的住户可能因为有一些野山羊的特质所以才把楼梯修成这样。不过南希对这房子的一切都感到称心如意。

六年前第一次见到这房子时的平静和愉悦，依然令她记忆犹新。那时候她的有罪起诉刚刚被驳回。州检察官也没有咄咄逼人地再次提起诉讼，因为至关重要的目击证人罗伯·莱格勒突然失踪了。

她千里迢迢逃到这儿，横穿了整个美洲大陆——她拼命地想要逃离曾经的一切，不管是加利福尼亚州、旧日相熟的朋友、曾住过的校园，还是那里的整个学术圈子，总之离得越远越好。她再也不想见到那些所谓的朋友——事实证明都是些落井下石之辈，他们全都站在“可怜的卡尔”那一边，将卡尔的自杀怪罪在她头上。

之所以选择科德角，是因为她常常听说新英格兰人和当地居民不爱嚼舌根，民风淳朴保守，并且不爱多管闲事，真是正中下怀。她急需一个地方避世，去剖析自己，整理思路，想清楚究竟发生了什么，并尝试让生活重新步入正轨。

她剪了短发，把头发染成深棕色，这样她看起来就完全不像之前庭审时发布在各大报纸头条上的那个封面人物了。

她时常自忖，应该是命运鬼使神差的安排，让她在租房时选中了雷的房产中介公司。哪怕当时她已经跟另一个中介有约在先，不过出于一种没来由的直觉，她还是想要先见雷一面，因为她喜欢雷手写的签名，也喜欢他种在窗槛花箱里明黄色和香槟色的菊花。

她一直等到他跟前一个客户聊完——那是个饱经风霜的老人，有着浓密、卷曲的头发——他一边往外走，一边感谢雷建议他牢牢把握自己的财产，并为公寓招个合租人一起分摊费用。

老人离开后她开口道："这次我应该是来对地方了，我想租个房子。"

但雷不肯带她去看亨特的老房子。"那个瞭望台对你来说实在是大而无当，而且那地方太孤僻了，也太漏风。"他补充道，"不过我有另一处在海角的房子推荐给你，那房子状况很好，家具配备也很齐全，如果喜欢的话，以后还有机会买下来。你需要几个房间，小姐，还是太太？”

“基尔南小姐，”她说，“南希·基尔南。”出于直觉，她用了母亲的娘家姓，“不太多，其实。我不开公司，也不会有多少访客。”

她对雷的无意刺探很有好感，他甚至连一丝好奇的神色也没有流露。“这海角是个很适合探索自我的好地方，”他说，“不管是漫步沙滩、观看日出，还是在早起的清晨透过窗子眺望远方，你都不会感到孤独。”

接着雷带她去看了房子，她当即就决定要留下来。位于房子中心的旧起居室被改造成了客厅和餐厅二合一的空间。她很喜欢壁炉前的安乐椅以及摆在窗边的餐桌，这样在吃饭的时候还能欣赏远处港口和海湾的美景。

她能够立刻拎包入住，除了从公交车上搬下来的两个行李箱外，别无他物。即便有些好奇，但雷并没有流露出疑惑的神情。南希言简意赅地说自母亲去世后，她卖掉了在俄亥俄州的房子，并决定搬到东海岸来，但关于这当中的六年她都经历了些什么，却绝口不提。

那天晚上，是几个月来的第一次安眠，她整夜都睡得很沉，没有做梦，没有听见皮特和丽萨在梦里呼喊她，也没有梦见卡尔在法庭上责难她。

在这房子醒来的第一个清晨，她给自己冲了壶咖啡，在窗边坐下。这是个晴朗、明媚的日子——万里无云的湛蓝天空，安宁沉静的海湾；绕着弧形航线盘旋在渔船四周的海鸥，它们是整幅图景中唯一运动的元素。

她十指交扣地捧着咖啡杯，一边小口啜饮着，一边欣赏窗外的景色。咖啡的暖意在她的身体中四散开来，煦暖的阳光将她的脸颊映得温热。这宁静的画面进一步延续了那无梦长夜带来的稳定情绪。

安宁……老天爷让我消停会儿吧。这是她曾在法庭和监狱中祈祷了无数遍的心愿。请让我学会接受命运的安排。那是七年前的事了……

南希叹了口气，这才意识到她依然呆立在台阶前，一步也没动。回忆就是容易让人恍神。这也是她的日子总是很难熬的原因——要克制自己既不要沉湎于过去，也别考虑太多未来。

她慢慢地走上台阶。但这里怎么可能是她的安乐窝呢？万一哪天罗伯·莱格勒又出现了，他们还要抓她回去调查谋杀案，并且把她从雷、麦克、米西的身边带走。有那么一瞬间，她把脸埋进手掌里。别去想这些事，她告诉自己，想了也无济于事。

在楼梯顶层，南希决绝地摇了摇头，快步走进了主卧。她猛地推开窗户，风卷起窗帘刮到背上，她不禁打了个寒战。渐渐地，乌云密布，海湾水流翻涌，卷起白色的泡沫。气温在急剧下降。作为科德角的常住居民，南希清楚地意识到这样的冷风即将带来一场风暴。

但这样的天气还是能让孩子们到户外玩耍。她总希望孩子们在早上能呼吸足够的新鲜空气。午饭过后,米西会小憩一会儿,而麦克会去幼儿园。

她忧心忡忡地扯起双人床的床单——米西昨天有点打喷嚏,她应该下楼去告诉她别拉开外套夹克脖子处的拉链吗?这是她最爱的小把戏之一,米西常常抱怨脖子处的衣服裹得太紧。

南希略微思忖了一下,接着把整个床单从床上扯下。米西穿着高领绒套衫,即使解开了扣子,她的喉咙也不会受凉。再说,把床单换下来清洗也就十到十五分钟的事儿。

南希当即决定,一定要在十分钟内做完这事,不然内心会一直毛躁不安,渴望着马上奔向孩子们身旁。

第二章

有时候乔纳森·诺尔斯会走路去药房取他订阅的晨报，其他时候他骑自行车去。老尼克森公寓在他的必经之路上，这房子的美丽租户后来嫁给了中介雷·埃尔德雷奇，然后他们买下了它。

当老山姆·尼克森还是屋主的时候，这房子看着有些破败不堪，现在却舒适坚固。雷换了一个新屋顶，并且粉刷了墙壁，而他的妻子无疑是个心灵手巧的园丁。窗槛花箱中盛开着黄色和橘色的菊花，即便在最阴郁的天气，依然令人心旷神怡。

天气晴朗的时候，南希·埃尔德雷奇常常会起个大早在花园里照料花草。她总是笑意盈盈地跟他打招呼，然后继续手头的工作。乔纳森很欣赏这女人的性格。他是在夏天来此度假的时候认识雷一家人的，不过，埃尔德雷奇的家族血脉在这儿已经绵延很久了。雷的父亲告诉乔纳森，他们的血统可以追溯到第一批乘坐“五月花号”轮船在此上岸的殖民者。

出于对这座城市的热爱，雷决定在这里发展自己的事业，这举动让乔纳森十分赞赏。这里有湖泊、池塘、港口和海洋，也有可以漫步的森林和宜居的土地，并且非常适合年轻夫妇们养育后代，对退休老人也十分友好，让他们可以安享晚年。乔纳森和艾米莉经常在这儿度假，也非常希望可以一年到头都待在这里。他们差点就做到了。只可惜艾米莉办不到了。

乔纳森叹了口气。他是个壮硕的男人，长着一头浓密的白头发和宽阔的脸颊，不过最近开始垂到了下巴上。作为一个退休律师，他显得有些沉闷抑郁。冬天无法经常钓鱼。以前艾米莉还在的时候，去古董店闲逛或者重漆家具也很有趣，现在也索然无味了。不过，在退休定居海角的第二年，他开始写书了。

最开始的时候只是爱好，后来逐渐变成了令人振奋的日常工作。一个出版商朋友在读完他第一周的成果后，迅速给他寄来了合同。这本书是关于著名凶杀案的案例研究，乔纳森每天写五个小时，一周写七天，每天早上九点三十准时开始。

冷风迎面呼啸，他远眺着海湾的方向，一边扯出自己的厚围巾，一边因为落在面颊上的微薄暖阳而欣喜。灌木丛被修剪之后，海湾的美景一览无余，只有耸立在峭壁上的老亨特的房子打破了画面的和谐，人们把这房子称为监视所。

乔纳森总是在沿途这个位置远望海湾。这天早上，当他再次转头欣赏美景时却很快眯上了眼睛。他怒气冲冲地将视线收回到眼前的路面，短短一瞥只来得及辨认出那预兆风暴的、翻涌的白色浪花。他想,监视所的租户一定在窗户上挂了什么金属物件，真令人讨厌。他很想让雷跟租户协商这事，但转念又放弃了。这租户或许是在建议他换个地点来观察海湾呢。

他不自觉地耸耸肩膀。他正好站在埃尔德雷奇家的前面，南希坐在窗边的餐桌旁跟家里的小男孩说话。小女儿坐在她的膝盖上，乔纳森飞快地移开了视线，感觉自己像个闯入者，不希望跟南希四目相对。终于，他拿到了报纸，独自一人吃完了早餐，坐到了书桌旁。今天他要写哈蒙谋杀案，他预感这一章会是全书最有趣的部分。

第三章

雷推开他办公室的门，一种类似牙齿阵痛的感受在他充满忧虑的内心萦绕不去。哪里出了问题呢？不仅仅是因为他提醒了南希的生日，以及随之而来的唤醒痛苦记忆的风险。实际上，南希的反应很冷静。雷很了解南希，知道当她回忆往事感到不安时是什么样子。

只需看一眼与她另外两个孩子年龄相仿的、深发色的一对男孩女孩，或是听到人们谈论去年在哈科塞特被谋杀的小女孩，都可能让南希陷入痛苦的回忆。不过今天早晨南希没表现出异常。他有一种不好的预感，有别的什么事不对劲。

“噢，别啊！那是什么意思？”

雷惊魂未定地抬起头来。多萝西在她的办公桌旁坐着。她花白的棕色头发，随性地勾勒出她狭长美丽的面容，得体的米黄色毛衣和棕色的花呢短裙表现出一种人为的凌乱美，似有若无地传递出穿着者对过分修饰的不屑。

多萝西是雷开店营业后的第一个客户。他原本雇用的女孩没有出现，多萝西毛遂自荐帮他几天，自那以后他们就一直在一起工作。

“你知道你在皱着眉摇头吗？”她告诉雷。

雷有些不好意思地笑了笑：“我猜可能就是晨间焦虑吧。你今天过得好吗？”

多萝西立刻摆出了公事公办的派头：“挺好的。对了，我已经把那个监视所的所有文件都整理好了，你准备什么时候见看房的人？”

“大概两点吧，”雷告诉她，他俯身靠近她的办公桌问道，“你是从哪里搞到这些材料的？”

“图书馆有记录。别忘了，这房子的历史可以追溯到一六九〇年，它会成为一个很棒的餐厅。只要有人愿意花钱把它修缮一新，它就会成为口碑极佳的热门商铺。这个滨海的地理位置妙极了。”

“我了解到克雷格鲍罗斯先生和他的妻子已经建造并且出售了好几家餐厅，并且不介意将大把花销用在值得的地方。”

“我从没见过不擅长经营餐厅的希腊人。”多萝西一边说着，一边合上档案资料。

“还得加上从不努力工作的英国人，没有幽默感的德国人，几乎所有波多黎各人——我指的是那些美籍西班牙裔——他们竟然都享受着福利……苍天，我真讨厌乱贴标签。”雷从上衣口袋里掏出烟斗塞进了嘴里。

“你什么意思？”多萝西抬起头来迷惑地看着他，“我当然不是乱开地图炮——好吧，我承认我刚才有点以偏概全，但也不是你说的那么严重啊。”她收起档案，转过身背对着雷。雷毫不服软地走进了他的私人办公室，并关上了门。

他刚才伤害了她。损人不利己，真是蠢极了。他到底哪里不对劲儿？多萝西是他认识的所有人中，最正派、最公平、最没有偏见的了。她不应受到这样恶意的对待。他叹息着打开了桌上的雪茄盒，往烟斗里续了烟草。他心事重重地吞云吐雾了十五分钟，直到拨通了多萝西的电话分机。

“在呢。”她接起电话，听起来不情不愿。

“女孩子们都进来了吗？”

“进来了。”

“咖啡泡好了吗？”

“已经准备好了。”多萝西没有问他是否也要来点。

“能不能麻烦你把你和我的那一份都带进来，然后让女孩子们别挂线等十五分钟。”

“行。”多萝西挂掉了电话。

雷起身为多萝西开门，当她端着两杯冒着热气的咖啡进来时，雷小心翼翼地关上了门。

“休战好吗？”他懊悔地恳求道，“我真的非常抱歉。”

“嗯，我相信你的诚意，”多萝西说，“没关系，但你究竟怎么了？”

“请坐。”雷作势让多萝西坐在办公桌前的红锈色的皮椅上。他端着咖啡走到窗边，心神不宁地盯着远处灰蒙蒙的景色。

“你今晚能赏光到我家吃晚餐吗？”他问道，“我们想给南希庆祝生日。”

雷听到她猛地倒吸了一口凉气，转过身问：“你觉得我这么做是不是错了？”

多萝西曾是海角里唯一一个知道南希过去的人。南希曾经把一切都告诉了她，并向她询问自己是否应该嫁给雷。

多萝西试探地看着雷，疑惑不解地问道：“我也说不好，这个庆祝背后的用意是什么呢？”

“这目的是不能继续假装南希没有生日了！当然，也不只是这样。这也是南希和过去一刀两断的好机会，停止遮遮掩掩的生活。”

“她能摆脱过去吗？明知道有个谋杀审判就像达摩克利斯之剑一样悬挂在她的头顶，她怎么能停止躲藏？”

“但这只是杞人忧天哪。多萝西，你意识到那个曾经指认她的证人已经消失了整整六年吗？只有老天知道他身在何处，甚至是否还活着。就我们掌握的情况来看，他已经改名换姓在这个国家的某个角落藏起来了，而开庭审理无疑会让他跟南希一样焦虑不安。别忘了，他可是一名被官方通报的逃兵。一旦被抓住，等待他的也将是严酷的刑罚。”

“那倒也是。”多萝西附和道。

“这就是真相。现在咱们胆子再大点，跟着我的思路走。这个镇子里的人怎么想南希？在办公室里等着的女孩也算在内。”

多萝西有些犹豫不决：“人们认为她非常美丽……也很欣赏她穿衣打扮的品味……人们说她总是光鲜亮丽……而且不善交际，洁身自好。”

“你这么说已经很委婉了。我曾听见谈论我妻子的八卦，说‘这里的所有人都配不上她’。我在俱乐部也越发频繁地受到嘲弄，别人都问为什么我只带着一个高尔夫拍档，而没有带我美丽的太太。上周，麦克的学校打电话到家里问南希要不要考虑做一些社区的工作。不用想，她拒绝了。上个月我终于说动她去参加地产经纪人的晚宴。结果拍全员大合照的时候，她却去了盥洗室。”

“她是害怕被认出来。”

“我理解。但是你不觉得她被认出来的可能性已经变得微乎其微了吗？即便有人对她说，‘你长得真的很像加利福尼亚那个被指控的女人’……你应该明白我想说什么，多萝西。对大多数人来说，就到此为止了。只是相似罢了，没人会深究的。天哪，你还记得那个给所有威士忌和银行当广告模特的男人吗？就是长得酷似林登·乔纳森的那个。我在军队里遇见了他的侄子。人们有时候就是会长得相似。就这么简单。即便再次开庭，我也希望南希可以融入这个社区。我希望他们接纳南希作为一分子，这样他们就会成为南希的后盾，因为当她无罪开释之后，她还得回到这里，继续生活。我们都得这么做。”

“万一再次开庭，但南希没有被无罪释放呢？”

“我根本就不可能考虑这种情况，”雷直截了当地说道，“怎么样？今晚来吗？”

“非常乐意，”多萝西说，“并且我也认同你刚刚说的大部分内容。”

“不是全部吗？”

“不是，”她坚定地回答，“我认为你应该扪心自问，要这么急切地调整回正常生活的节奏，是因为南希还是有别的什么原因。”

“你能说明白点吗？”

“雷，马萨诸塞州州政府的秘书劝你从政的时候我也在场，因为科德角需要你这样的青年才俊去争取利益。我听到他承诺会倾尽全力给你提供帮助以及财政支持。这样的邀请确实令人难以拒绝。但以目前的局面看，你没法答应他。你心知肚明。”

多萝西径直离开了房间，没有给他任何开口辩解的机会。雷喝完了咖啡，瘫坐在办公桌旁。愤怒、焦躁和紧张的情绪笼罩着他，此刻他只感到灰心失意，甚至开始自我怀疑。她确实说得很对。他想自欺欺人地假装他们甜蜜幸福的生活没有任何隐患和威胁。但事实上，他自己也有一大堆烦心事。当初和南希结婚的时候，他就知道自己已经卷入了麻烦的旋涡中，即使之前他不知道，可刚才多萝西也一针见血地指出了这一点，她已经尽力警告过他了。

雷目光空洞地注视着摆在办公桌上的信件，回想着这几个月来他毫无缘由地冲南希发火的场景，就好像今天早晨对多萝西做的一样。有一次南希给他看自己完成的水彩装饰画。她是应该再好好深造一下艺术，尽管她的审美在当地来说已经足够好了，而他当时的评价却是：“画得很好，那你准备把这画藏在哪个储物室里面呢？”

南希当时的表情看起来非常受伤又楚楚可怜。他真想把自己的舌头咬下来，又改口道：“亲爱的，我很抱歉。其实我真的为你骄傲。我希望你可以把这画挂出来。”

究竟有多少次他因为疲于应付压抑的社交生活，而对南希乱发脾气呢？

雷叹了一口气，开始浏览邮件。

十点十五分的时候，多萝西猛地拉开了他办公室的门。往日里她光彩照人的粉色脸颊呈现出病态的灰白色。雷从座位上跳起来伸手扶她，但多萝西摇了摇头，关上了身后的门，拿出了她一直藏在手臂下的报纸。

是《科德角社区新闻》，多萝西翻到以人物报道著称的第二版，扔在他的桌子上。

他们的目光齐刷刷地落到南希的巨幅照片上，没有人会认错的。雷之前没见过这张照片——南希穿着她的花呢套装，染成深色的头发服帖地绾在脑后。下方的图注写着："今天南希·哈蒙还能过一个快乐的生日吗？"另一张照片则是南希披散着齐肩的长发，脸色铁青、面无表情地离开审理案件的法庭。第三张是一份快照的复印件，照片中南希用手臂环抱着两个年幼的孩子。

故事的开头写道："今天，南希·哈蒙正在某个地方庆祝自己三十二岁的生日，以及被她谋杀的孩子们的第七个祭日。"

第四章

是时候了。整个宇宙的产生也不过就是一瞬间的事情。现在，时机已经成熟了。他匆匆忙忙地将旅行轿车倒出库。多云的天气使他没办法从望远镜中看到太多，不过他确信南希一定正在给孩子们穿外套。

他在自己的口袋里摸索着，填满了液体的注射器就在那儿，即将引发一场突如其来的昏厥，一场无梦的、彻底的沉睡。

细密的汗水从他的腋下和腹股沟冒出来，大颗的汗珠从额头上跌落。这真是太糟糕了，今天很冷，不能被人看出来过于兴奋或紧张。

他抽出几秒钟，用放在前座的毛巾拍了拍脸，视线从肩膀上看出去，瞥了一眼车后座——帆布雨衣和后窗上斜靠着的鱼竿都是科德角当地人在捕鱼季常备的那种工具。这雨衣的大小用来盖住两个小孩绰绰有余。他兴奋地笑起来，发动车子驶向 6A 公路。

威金斯超市就在这条路和 6A 公路交接的拐角处，不管什么时候来科德角，他总是在那儿买东西。不过频繁外出实在很冒险，每次来的时候他都会备齐几乎所有的生活必需品。即使已经改头换面，但他还是有可能偶遇南希，并且被她认出来。四年前这种事就发生过一次：当时他正在尼斯港的一个超市里，伸手要拿一罐咖啡，突然听到背后传来南希的声音。她从同一层架子上拿了一听罐头，两人的手都快碰到了。她说着："等等，麦克。我想在这儿拿点东西。"他几乎僵在原地，她不小心碰了他一下，还低声对他说："啊，真是抱歉。"

他呆呆地站在那儿，一声不吭，直到她离开。虽然很确定南希并没有看他，但自那之后他再也不敢冒这样的风险。不过在亚当斯港确保规律的生活节奏却很必要，某天他会需要人们意识到他没有按照老时间在某些地点出现或离开。这也是他为何总在上午十点左右在威金斯超市买牛奶、面包和肉的原因。南希从不在十一点之前出门，而且她常去的是离这儿还有半英里的洛韦利超市。与此同时，威金斯的员工们已经把他当作熟客来招呼了。按照计划，他马上就要到了。

路上一个人影也没有。砭骨的冷风足以把一切外出的念头扼杀在摇篮里。马上就要并道 6A 公路了，他减速停车。

今天的运气实在好极了,两个方向都没有来车。他猛踩油门，旅行轿车径直横穿主干道进入了埃尔德雷奇住处背后的小路上。成功的唯一秘诀就是胆量。蠢货精心制订的计划常常会弄巧成拙。但他的计划简单到令人难以置信——只需要精确到秒的短短一瞬就足够——真是天才。他的成功格言是不惧失败，敢冒天下之大不韪。行走在这条无人选择的坎坷之路上，和进行高空钢丝表演并无二致，他要实现的将是后无来者的成功。

还有十分钟就十点了。估计在一分钟前，孩子们就已经出门了。噢，他了解那些意外状况。某个小孩可能回家上厕所或者讨水喝，不过可能性很小，微乎其微。这一个月来，他每天都观察他们，除非下雨，否则他们会雷打不动外出玩耍。前十到十五分钟，南希从不出门招呼他们，他们也不会在这个时间段内回家。

还有九分钟就十点了，他把车驶进通往南希家的泥泞小路。社区报纸在几分钟后就会送来，那文章应该是今天见报。这刺激或许会使南希抓狂，她的过去将大白于天下。镇上的所有人都会震惊地八卦这件事，在路过这所房子时忍不住地窥探……

半路上他把车停在森林里，这个位置是小路上行人的盲区，南希从家里也发现不了什么异常。他飞快地钻出车门，在树林的掩护下向孩子们玩耍的区域快步走去。虽然大多数树木的叶子已经掉光了，但还有足够多的松树以及其他常绿植物可以遮蔽他。

还没见着人影儿，但可以听到两个孩子的说话声了。男孩应该正在推着女孩荡秋千，所以有些气喘吁吁地说道："我们问问爸爸要给妈妈买什么。我会把我们两个的钱都带上。"

女孩笑着说："真棒，麦克，很好。再高点，麦克，再高点。"

他悄无声息地站到男孩身后，直到最后几秒时男孩才发觉这个陌生人的存在。男孩蓝色的眼眸里满是惊惶，因为恐惧张大了嘴巴，没来得及发声，他已经用一只手捂住了男孩的口鼻，另一只手将针剂从羊毛手套注射进男孩体内。男孩试图挣扎，但身体很快变得僵硬，然后无声地瘫软在地上。

秋千落下来，女孩正叫着："推呀，麦克，别停下来。"他抓住右边的锁链止住了晃荡的秋千，将女孩幼小的、因惊慌失措而不停挣扎的身躯围住。他小心安抚住了女孩的抽泣，将针剂扎进了缝着凯蒂猫笑脸的手套。女孩叹息一声，立刻倒在了他身上。

他毫不费力地抱着两个孩子向车子跑去，没注意到有一只手套掉下来卡在了秋千上。

还有五分钟就十点了。两个孩子不省人事地倒在帆布雨衣下面。他倒车驶出泥泞的小路，上了南希家后面的那条高速公路。看见有一辆道奇轿车驶来的时候，他爆了句粗口。那车稍稍减速，让他并入右车道，然后他立马掉头了。

运气好得异乎寻常。两车错开的一刹那，他用余光飞快地瞥了一眼那辆车的司机，只看到不成形的帽檐下露出的高挺鼻子和尖削下颌的轮廓，而对方似乎根本就没有转头看他。

一种熟悉感在心头一闪而过：这人也许是科德角的某个居民，但刚刚减速让行的时候应该没有注意到这辆旅行车才从埃尔德雷奇家后面的那条泥泞小路上驶出来。多数人都不善观察，也许几分钟后这人就会彻底忘记自己曾为一辆掉头的轿车让行。

他从后视镜里一直看着这辆道奇车，直到它消失在视线外。他一边放松地咕哝着，一边调整了后视镜，以便观察车的后部，表面上看那就是一件被随意摊放在钓鱼工具上的帆布雨衣。他满意地把后视镜调回到正常位置，不再向后看。但如果他继续观察的话，就会发现刚才那辆车减速并且退了回来。

十点过四分的时候，他走进了威金斯超市，去冷藏区买四分之一磅牛奶的时候，还咕哝着和那儿的员工打了招呼。

第五章

南希怀抱着一大摞毛巾、床单和内衣小心翼翼地维持着平衡走下楼梯。她一时心血来潮，想要把这些衣物都洗一遍，然后趁着暴风雨来临之前挂在室外晾干。冬天的萧瑟侵入了院子，逼迫着最后几片枯叶从树上凋落，然后落叶归根，融到干硬如混凝土的泥地里。冬天，让湛蓝的海湾蒙上了一层烟灰色。

屋外风暴欲来，不过现在还有些微弱的阳光，南希决定物尽其用。她很爱曝晒过的床单的新鲜味道。当她沉沉睡去的时候，很喜欢用面颊轻蹭这带有些许蔓越橘、松枝以及海盐气味的床单。这和监狱床单那种粗粝、僵硬而且潮湿的味道真的很不一样。她立刻停止了对那些记忆的回想。

下了楼梯，她走向后门的方向，又立刻停住了。真傻，孩子们好着呢，他们才刚出去了十五分钟。这种杞人忧天的担忧一直以来都是她必须克服的心魔。尽管这样，她有些怀疑，米西已经感觉到她的情绪，并且开始回应她的过度保护。一会儿她会先打开洗衣机，再把孩子们叫回来。当孩子们观看十点半的电视节目时，她会一边喝着今天的第二杯咖啡，一边翻阅《科德角社区新闻》。每个季度结束的时候，都会有些物美价廉的古董出售。她想买一张高背沙发很久了，就是那种在十八世纪被人们称为“高背长靠椅”的家具。

在厨房另一边的洗衣房里，她整理好待洗衣物，抖了抖床单和毛巾，将它们和洗衣液、漂白剂一起放入洗衣机中，最后按下开始键，滚筒转起来。

现在是时候叫回孩子们了。不过她先绕路去了一趟前门，报纸已经到了，报童消失在路的拐角处。越发凛冽的寒风让她打了个寒战，她捡起报纸，快速地回到厨房。咖啡壶余温未散，她打开了底部的加热器。接着,急不可耐地要看一眼分类广告那一页，她的拇指飞快地翻到了报纸第二版。

头条让她的脑袋嗡的一声炸了,她死死盯着标题和所有图片：她和卡尔、罗伯·莱格勒的合照，她和皮特、丽萨的合照……他们总是撒娇似的又充满信任地往她怀里钻。虽然她觉得天旋地转，但她对那张照片的拍摄场景依然记忆犹新，那是卡尔拍的。

“别管我，”他说，“就当我不存在。”但他们都知道他就在那儿，使劲往她怀里钻，她低头看着他们，抚摩着孩子们光滑、深色的头发，卡尔就在这时按下了快门。

“不……不……不……不！”南希的身体因为痛苦而瑟缩成一团，她颤抖着伸出手，不小心碰倒了咖啡壶。她把咖啡壶捡起来，滚烫的液体溅到她的手指，她也只是隐隐约约有些痛感。

她必须烧掉这报纸。麦克和米西一定不能看到它。就这样办，她得把报纸烧掉，这样就没人会看到这消息，她跑到起居室的壁炉边。

这壁炉，再也不是那个愉悦、温暖、令人有安全感的壁炉了。这里没有天堂……对她而言，天堂从来就没有存在过。她把报纸拧在一起，颤巍巍地伸手去够壁炉架上的那盒火柴。一缕轻烟和火苗升起，她点燃报纸，将它塞进了柴火的间隙中。

科德角的每个人都会读这份报纸。他们会知道的……他们什么都会知道。这张照片一定会被认出来的。她甚至都回想不起来，她剪了头发又把它染了之后见过谁。那报纸现在烧得正旺，她看着那张和皮特、丽萨的合照蹿起了明晃晃的火焰，被烧焦卷曲。他们俩都死了，她也最好别跟这事扯上关系。天下之大，竟无她容身之所，也没法忘却过去。雷倒是可以独自照顾麦克和米西。但明天麦克去上学的时候，孩子们会盯着他，指指点点，窃窃私语。

孩子们，她必须救孩子们。不，马上让孩子们回来。对，不然他们会感冒的。

她跌跌撞撞地跑过去，拉开后门。“皮特……丽萨……”她大叫着。不，不！是麦克和米西，他们才是她的孩子。

“麦克，米西。来我这儿。现在就回家！”她的哀号声渐渐变成了尖叫。他们去哪儿了？她急忙冲进后院，丝毫没有意识到寒风正往她的薄毛衣里灌。

到秋千那儿去。他们肯定没在那儿了。他们也许在树林里。“麦克，米西。麦克！米西！别藏了！快出来！”

秋千还在荡着，风推着它晃悠。接着她看见了那手套，米西的手套，卡在了秋千锁链里。

她似乎听到远处有声音传来。谁在说话？一定是孩子们。

是湖边。他们一定在湖边。他们不该去那儿的，不过也许他们偏偏就在那里呢。他们会像其他人一样，被发现溺亡在水里，全身湿透、肿胀僵硬。

她抓过米西的手套——上面还绣着笑脸，跌跌撞撞地冲向湖边。她一遍遍地呼唤着他们的名字，奋力地从深林中辟出一条路来，往湖岸边跑去。

在湖泊的浅水区，她看见有东西在水面闪着光。是红色吗？另一只手套？米西的手？！她纵身跳进冰冷的湖水里，肩膀以下全部没入水中，双手在水下摸索着。但什么也没有。她发狂似的将十指紧扣，用双手形成的滤网打捞着，可除了令人麻木的冷水，别无所获。她看向水底，前倾身体摸索着。湖水涌进了她的鼻孔和嘴巴，低温灼伤了她的脸颊和脖子。

沉甸甸的湿衣服还在拖着南希下坠，不知哪来的力量，她摇摇晃晃地站起来退到岸边。她感觉到岸上覆盖着的薄薄冰层，耳朵嗡嗡作响，眼前有一团雾气模糊了视线，她看向森林，然后看到了他——他的脸……是谁？

这团雾气终于使南希彻底看不清了，声音也渐渐消失了：海鸥悲戚的叫声，水波拍岸的声音……都消失了，彻底安静了。

雷和多萝西就是在那儿发现了她。躺在岸边，不受控制地颤抖着，她的头发和衣服都湿答答地紧贴着脑袋和身体，双眼空洞无神，紧握着一只小小红色手套的手紧贴在脸颊旁，上面全是因伤口发炎长出的水疱。

第六章

乔纳森仔细地洗刷了早餐的杯盘，把煎蛋的平底锅放回原处，拖了厨房的地。艾米莉一直都自然而然且不遗余力地保持干净，多年的同居生活使他也懂得欣赏和享受整洁带来的舒适。他总是把衣服整整齐齐地挂在衣柜里，把脏衣服放在盥洗室的脏衣篓里，自己一个人做完饭也会马上整理厨具。他甚至能发现清洁女工的疏漏。周三晚上，等她离开之后，他还会做些修补性的小工作，比如清洗咖啡罐和古董摆件，以及擦拭上蜡不匀的家具表面。

还在纽约的时候，他和艾米莉住在第五十五大道东南方拐角的萨顿酒店里。他们的公寓一直延伸到 F.D.R. 快车道上，最远处甚至毗邻东河河畔[1]。有时，他们会坐在十七楼的露台上，看着大桥的光柱洒满整个湖面，谈论着退休后搬到科德角定居，憧憬着可以俯瞰茅肖普湖的日子。

“没有贝莎的日子，也可以一切照旧。”他打趣道。

“等我们到了那儿，贝莎也快退休了，你也可以当我的助手嘛。我们只需要另外雇一个清洁女工，每周来一次就够了。你觉得怎么样？每次你想出门的时候，门口都正好停着一辆车，这待遇你会拒绝吗？”

乔纳森的回答是他决定买一辆自行车。“说干就干，”他告诉艾米莉，“不过我担心这消息可能会令一部分客户沮丧失望，毕竟从此以后我只能骑着自行车去上班了。”

“另外，你还要试着写作，”艾米莉敦促道，“好几年前我就希望你能试一下这件事，并且把它完成。”

“自从娶了你，财政状况就一直捉襟见肘，”他说，“只要一个女人就可以对抗经济衰退。整个第五大道都还在拂晓中沉寂的时候，诺尔斯太太就已经开始购物了。”

“你是自作自受，”她反驳道，“谁让你告诉我随便花的。”

“我喜欢为你花钱，”他告诉她，“而且毫无怨言，我很幸运

---

1 美国纽约州东南部的海峡，位于曼哈顿岛与长岛之间。——译者注。下文若无特别标识，均为译者注

能娶到你。”

要是他们俩在这儿相濡以沫的时间能多一些就好了……乔纳森叹了一口气，把餐盘挂起来。今天早晨，看着窗框里南希·埃尔德雷奇和她的孩子们让他莫名有些伤感。也许是天气原因吧，漫长的冬天就要来了，不过他还是焦躁不安。有什么事困扰着他，他以前准备案情摘要的时候也体会过这种类似的焦灼感，有些事不对劲。

不过，他还是坐到了桌边。写作哈蒙案件的章节让他紧张不安。

他一边慢慢踱向书房，一边想着自己本可以早些退休的。不过从结果看来，他确实也这么做了。失去艾米莉后，他卖掉了纽约的公寓，递交了辞呈，辞退并为贝莎发放养老金。就像一只自舔伤口的狗，他来到了这间他和艾米莉一起挑选的房子。在起初万念俱灰的悲痛之后，他慢慢地重新拾回了些许生活的意义。

现在，对他来说，写书已成为一件令人着迷的差事。这个主意刚具雏形的时候，他就邀请了自己的老朋友兼一丝不苟的调查员凯文·帕克斯，周末到他家共同商议。然后，他介绍了写作计划的大体情况。乔纳森选出了十个有争议的刑事案件，他希望凯文可以接受整理材料的工作——把所有可获取的材料一网打尽：庭审记录、法庭上的宣誓证词、媒体报道、照片、周边八卦——多多益善。乔纳森决定把每个案件都研究透彻之后再构思章节内容，要么同意原审判结果，要么推翻它，并且给出自己的理由。他给自己的书命名为《存疑的审判》。

他已经完成了三个章节。第一章是“山姆·谢泼德案”，他的最终观点是：无罪。太多漏洞，而且很多证据被封存了。乔纳森同意多萝西·凯尔盖仑对陪审团的看法，他们同意山姆·谢泼德通奸有罪，但没有谋杀。

第二章是“卡珀利诺案”，在他看来，玛姬·法格和她的前任应该被定罪关押。

新近完成的章节是“埃德加·史密斯案”。乔纳森认为，埃德加·史密斯确实有罪，但应该被释放。现在判十四年也属于无期徒刑的一种，况且他已经在死囚犯的恐怖牢房里洗心革面，改过自新。

现在，他坐在巨大的办公桌前，伸手拉开了装文件的抽屉，从里面拿出昨天刚送到的厚纸板文件夹，上面贴着“哈蒙案”的标签。

第一个信封上用订书机订着凯文的便笺，上面写着：

乔恩，我有预感，研究这个案子会使你乐在其中的。对公诉人来说，这个被告真是个好捏的软柿子，尤其是她的丈夫当庭崩溃痛哭，在陪审团面前指认她有罪的时候。如果他们找到了那个失踪的控方目击证人，重新传召她的话，她最好能有更充分的准备。州检察院已经知道她藏在哪里，但是不肯透露给我，我只知道是在东海岸的某个地方。

翻开卷宗的时候，乔纳森心跳加速了，这是他对新案件感兴趣时的惯常反应。他从不允许自己在对案情有充分了解之前做任何预判，不过对六七年前此案庭审的记忆使他非常好奇。他还清楚记得，当初翻阅庭审记录时在心头涌起的疑问。此时，这问题变成他最重要的研究目标。他对整个哈蒙案印象最深的就是，南希·哈蒙从未把孩子失踪的始末和盘托出。

他把手伸进文件袋，开始把那些仔细分类的材料排布在办公桌上。其中有南希·哈蒙庭审时的照片。她可真是个体态娇小的美人，长长的头发一直垂到腰部。根据记录，案发时她才二十五岁。她看起来甚至更小，说是青春期少女更恰当。她穿着的裙子也非常有少女感——几乎有些幼稚——这穿着打扮让她显得更加稚嫩。或许是她的律师建议她尽量打扮得低龄化一些吧。

有趣的是，自从乔纳森计划写书开始，他就总觉得这个女孩似曾相识。他盯着眼前的这张照片。啊，难怪，她看上去就是雷·埃尔德雷奇妻子年轻时的样子！这解释了那令他百思不得其解的相似。但他对两人的印象又大相径庭，或许世界就是这么小呢？或许她俩之间有血缘关系呢？

他的眼光落在第一页打印纸上，上面记录了南希·哈蒙的个人生平。她出生在加利福尼亚州，又在俄亥俄州被抚养长大。好吧，解谜了，她不可能是南希·埃尔德雷奇的近亲。雷太太的老家在弗吉尼亚州，曾经是多萝西·普伦蒂斯的邻居。[1]

多萝西·普伦蒂斯，一想到这个和雷共事的漂亮女人，他的心情瞬间好了起来。乔纳森经常在下午五点左右取《波士顿环球晚报》的时候路过他们的办公室。雷向他提了很多有趣的土地投资建议，最后也确实回报颇丰。他还建议乔纳森在镇子里和人们多打交道，一来二去的他们就成了好朋友。

不过，乔纳森还是意识到，他到雷办公室的频率有些过高了。雷会说："你来得正好，我们正准备喝一杯收工酒。"然后叫上多萝西一起把酒言欢。

艾米莉一直喜欢代基里酒，多萝西却总是备着乔纳森最喜欢的特调罗伯罗伊酒。他们仨能在雷的私人办公室里喝酒聊天，坐上半个多小时。

他很喜欢多萝西身上那种极富感染力的幽默。她出身于一个演艺世家，童年时的巡演经历让她有说不完的逸闻趣事。她曾经也对自己的事业细心规划，不过在百老汇出演了三次小配角之后她结婚了，定居在弗吉尼亚州。丈夫去世后，她来到了科德角想要开一家室内装潢店，后来阴差阳错地成了雷的合伙人。雷说

1　加利福尼亚州在美国西海岸，弗吉尼亚州在美国东海岸。

多萝西是个房产销售的天才。不管第一眼看上去是多么破烂的房子，她都能帮助客户发现其潜在的美。

近日来，乔纳森越来越频繁地琢磨着，要不要邀请多萝西共进晚餐呢？周日太漫长了，有好几个周日的下午他都尝试给多萝西打电话，不过都放弃了。他不想跟萍水相逢的人有太深的纠葛，并且他也不确定多萝西是不是合适的人选，她有点太强势了。和艾米莉那种绝对女性化的作风相处多年后，他有点无法在亲密关系中适应一个非常独立的女人。

苍天，他究竟是怎么了？今天早上怎么这么容易走神。他怎么能纵容自己在研究哈蒙案的时候不停分心。

他点燃烟斗定了定神，拿起卷宗，靠在椅背上，郑重地拿起了第一摞文件。

一小时十五分钟过去了。四下一片寂静，只听得到墙上挂钟的嘀嗒声、疾风吹刮松树的声音以及乔纳森不时发出的带有质疑意味的鼻息。最后，他若有所思地皱着眉头把文件放下，踱步到厨房煮咖啡。整个哈蒙案都有问题。从他通读的庭审记录来看，很明显这里面有猫腻……有些见不得人的因素导致真相无法通过合理手段水落石出。

他走进一尘不染的厨房，心不在焉地加了半壶水。等水烧开的间隙，他走到前门，《科德角社区新闻》已经放在门廊上了。他把报纸卷起来夹在大臂下，走回厨房，在茶杯中倒入一匙“美食家的选择”牌咖啡，又加了些沸水，搅拌并小口啜饮着，另一只手翻动着报纸，浏览内容。

看到第二版的时候，咖啡已经快喝完了。他拿着咖啡杯的手停在半空中，目光死死地盯住雷·埃尔德雷奇妻子的照片。

就在那一瞬间，乔纳森无奈地接受了两个他无法反驳的事实：多萝西·普伦蒂斯之前告诉他说在弗吉尼亚州看着南希长大的话绝对是谎言；无论退休与否，他都应该充分相信自己作为律师的直觉。潜意识中，他一直怀疑南希·哈蒙和南希·埃尔德雷奇就是同一个人。

第七章

好冷。嘴里有沙砾的味道。沙？为什么？她在哪儿？

她能听见雷的呼喊，感觉到他俯身贴近自己，轻柔地把她揽入怀中。“南希，出什么事了？南希，孩子们在哪里？”

她能听出声音里的恐慌，她尝试着抬手，却发现手无力地垂在身旁；她尝试着说话，但嘴唇无法发声。雷就近在咫尺，但她无法触碰他。

她听见多萝西说：“把她抬起来，雷。带她回屋里，我们得让人帮忙找孩子。”

孩子们，他们一定得找到孩子们。南希想要叮嘱雷找到他们，她很努力地想张嘴说话，但发不出任何声音。

“噢，天哪！”她断断续续地听见雷的说话声，她很想告诉他，“别管我，别管我，快去找孩子。”但她说不出话来，她感到雷把自己搀起来，让她靠在身上。“多萝西，她这是怎么了？”他问道，“她出什么事了？”

“雷，我们得报警。”

“报警？！”南希模模糊糊地感觉到他声音中的抗拒。

“必须这样。我们需要帮助才能找到两个孩子。雷，赶快！现在可是分秒必争啊。你还看不出来吗？你现在已经没法保护南希了。每个人都能从那照片中认出她来。”

照片。南希感到自己被人抱着，隐约察觉到自己在发抖。但她现在不操心这些。那张照片里她穿着的花呢套装，是当初撤诉之后买的。他们把她从监狱里提出来带到法庭上。但州法庭没有再传唤她。卡尔死了，作为目击者的控方证人也消失了，所以她被释放了。

公诉检察官对她说过：“别以为你能逃过一劫。我就算花费一生的时间，也要让犯人认罪伏法。”伴随着被威胁的惶恐，她走出了法庭。

后来，当她收到准许离开州界的通知时，她马上剪短并漂染了头发，还去添置了新衣。她一直很讨厌卡尔喜欢的那种穿衣风格，她买了三件的套装，还有棕色的高领毛衣。她也会穿夹克和阔腿裤，上周购物时她就是这么穿的。这也是照片如此具有辨识度的另一个原因……拍摄的地点在汽车总站，那的确是她去过的地方。

她之前从没意识到有人在拍照。当时她准备乘坐最后一辆夜班巴士去波士顿。终点站并不拥挤，也没人在意她。她天真地以为自己可以偷偷溜走，开始新的生活。没承想暗地里却有人想让她重复噩梦。

“我不想活了，”她想着，“不活了。”

雷走得很快，不过还试着用自己的夹克外套盖住南希。穿过湿衣服的冷风更加刺骨。他没办法遮盖她的身体，也没办法为她掩饰过去。太迟了……也许从一开始就太迟了。皮特、丽萨，还有麦克和米西。他们全都失踪了……对他们所有人来说，一切都太迟了。

不。不。不。麦克和米西，他们刚刚还在这儿。他们刚才正在玩耍。他们只是出门荡秋千，接着就只剩一只手套。麦克不会抛下米西的。他一直都细心呵护她。这就像上次。他们也许会像上次一样，步皮特和丽萨的后尘——被发现的时候，脸上盖着海草和一些塑料，头发和身体都被水泡得发胀。

他们一定得在家，多萝西一边开门一边说：“雷，我要报警了。”

南希感到一片黑暗吞噬了自己。她开始跌倒，滑落……不要……不要……不要……

第八章

噢，他们已经行动了。噢，他们就像蚂蚁一样屋前屋后到处跑，忙得团团转吧。他焦虑不安地舔了舔干燥的嘴唇，但他的手、脚、腹股沟和腋下却已经湿透了。细密的汗水从他的脖子和背上落下。

回到那所大房子后，他立刻把孩子们搬进屋，安置在有望远镜的房间里。在那儿他能盯着他们，等孩子们醒了还能和他们说话，安抚他们。

也许他会帮小女孩洗澡，用柔软的毛巾帮她擦干，帮她抹上婴儿爽身粉，再亲亲她。他有一整天可以和孩子们待在一起。一整天，潮汐要到晚上七点才会来。到那时，这里将会暗无天日，没有人可以听到或看到里面的情形。要好几天后孩子们才会被发现。那场面会跟上次的一模一样。

一边抚摩着孩子，一边想象他们的母亲被人追问："你把孩子们怎么了？"这实在是莫大的享受。

他看到很多警车拥进南希家后院的泥泞小路。不过也有些掠过房子。为何这么多警察都去了茅肖普湖？也难怪。他们以为她带孩子们去了那儿。

他极其满意，一切尽在掌控之中，非常安全且令人愉悦。他很想知道南希有没有哭。她在整个庭审过程中都没掉一滴泪，除了最后法官判她去毒气室接受死刑的时候，那是她唯一一次啜泣，把脸埋在手心里抑制哭声。当时法庭协警给她戴上手铐，她的长头发披散在前面，盖住了泪痕斑驳的脸庞，她无助地看着周围那些敌视的脸。

他还记得在校园里第一次见到她的场景，他的三魂七魄立刻就被勾了去——微风吹起她齐肩的金棕色秀发，恰到好处的精致面容，小巧洁白的贝齿，还有那乌黑的眉毛和在浓密睫毛下忽闪着的摄人心魄的双眼。

他听见了呜咽声。是南希吗？但她不可能在这儿。这声音是南希的小女儿发出的。他从望远镜里移开视线，恼恨地盯着她。不过仔细端详之后，他开始微笑起来，她前额上潮湿的鬈发，小巧、笔直的鼻子，白皙的皮肤……她简直跟南希是一个模子印出来的。现在她正苏醒过来，开始哭泣。他们已经陷入昏迷一个小时了，药效确实也该过去了。

他不情愿地离开了望远镜。孩子们被放在发霉的天鹅绒沙发两端。现在小女孩哭得更厉害了："妈妈……妈妈……"她的眼睛紧闭着，嘴巴大张着……那小巧的舌头真是粉嫩啊！泪水顺着她的脸颊不停滑落。

他扶小女孩坐起来，拉开了她的夹克外套。她瑟缩着躲开他。"别怕，别怕，"他温柔地安抚，"没事的。"

男孩动了动，也苏醒过来。他满眼惊恐，眼神就跟他之前在院子里见到这个男人时一模一样。现在，他缓慢地坐起身，"你是谁？"他急切地问道，"我们这是在哪儿？"

好一个口齿伶俐的孩子……他的吐字非常清楚，声调也有抑扬顿挫的变化。这很好，有教养的孩子更容易控制，他们不会一惊一乍，把事情搞砸。被教育要尊重大人的孩子们，都比较温顺，就像之前，那些孩子都安静地跟随他，当他说要跟妈妈玩个小游戏的时候，孩子们甚至不假思索地乖乖跪在后车厢里。

"这是个游戏，"他告诉小男孩，"我是你妈妈的一个老朋友，她想要玩一个生日游戏。你知道今天是妈妈的生日吗？"他边说边轻拍着小女孩，让她感到温柔惬意。

小男孩麦克半信半疑。"我不喜欢这个游戏。"他坚决地说。他摇摇晃晃地站起来，推开了安抚米西的那只大手，将米西拉到自己身边。小女孩紧紧贴着哥哥。“米西别哭，”男孩温和地安抚着，“不过是个荒唐的游戏罢了，我们现在就回家。”

他有好办法可以让小男孩乖乖就范，“放开你妹妹，”他命令道，“把她给我。”他从男孩手中猛地夺过米西。另一只手抓住麦克的手腕，把他拉到窗户边，“你知道什么是望远镜吗？”

麦克似懂非懂地点点头：“知道，就像我爸爸的眼镜那样，可以放大物体。”

“你说得对，你很聪明。现在，从望远镜看出去吧。”男孩把眼睛放到镜头前，“告诉我，你看到了什么……不对，你得闭上另一只眼睛。”

“我看到了我家的房子。”

“你家里有什么？”

“有很多小轿车……警车。出什么事了吗？”他警觉的声音轻微颤抖着。

男人饶有兴致地俯视着男孩忧虑的脸。窗户发出微弱的砰砰声，雨夹雪开始了。冷风裹挟着坚硬的冰雹敲击着窗玻璃。能见度变得很低，即便透过望远镜也看不甚清。不过这一整个下午，他将和孩子们共度美好时光。他知道怎么让男孩听话。“你知道死亡是怎么回事吗？”他问道。

“那意味着去见上帝。”麦克答道。

他赞许地点点头：“说得不错。今天早晨，你妈妈去见上帝了，所以才有这么多警车围在那儿。你爸爸让我帮忙照看你们一会儿，而且还叮嘱你要当个乖孩子，帮忙照顾你妹妹。”

麦克看上去快要哭出来了。他嘴唇颤抖着说：“如果妈妈去见上帝了，我也想一起去。”

他一边用手指梳理着麦克的头发，一边轻摇着还在啜泣的米西。“你会的，”他告诉男孩，“就今晚，我向你保证。”

第九章

首次报道的编辑每天中午都会仔细检查新闻通讯发报机，以便及时更新全国范围内新闻广播的内容。新闻主播们总是对故事如饥似渴，他们也自然不会放过南希·哈蒙谋杀案，马上派遣了调查员核实该案卷宗。

出版商们则包下专机，委派最优秀的刑事案件记者去科德角。

在旧金山，两个地方检察官助理正听着广播快讯。其中一个对他的同事说："我说过吧？这婊子肯定就是凶手，虽然我没在犯罪现场，但我敢打包票绝对是她。苍天有眼，快把她逮捕归案，血债血偿。不然的话，我就申请离职，掘地三尺也要找到罗伯·莱格勒，把他带回来指控她。”

在波士顿，伦登·迈尔斯博士刚送走马克利夫人，正准备享受自己的午休时光。经过一年的密集治疗后，马克利夫人的心性终于有所好转，就在几分钟前她还在打趣自己十四岁时的一段录像：“多亏有你，我才能重温自己的青春岁月，在一瞬间体会到生命的流变不居。”眼前这个快活的妇人和数月前几乎判若两人。

伦登·迈尔斯很热爱自己的职业。在他看来，人的思维是一种非常精微且复杂的现象，只能通过一系列环环相扣且谨小慎微的耐心观察才能揭开它的谜底。他长叹一声，想起上午十点的那位病人还处在治疗的早期阶段，对他充满敌意。

他调试着办公桌旁的收音机，想要收听午间新闻频道，恰巧听到案件公告的播报。

旧伤复发一般，他的脸色陡然一变。南希·哈蒙……这不是普里西拉的女儿吗？虽然十四年过去了，他对普里西拉的音容笑貌依然记忆犹新：那苗条、优雅的倩影，昂首挺胸的姿态，还有惊鸿一瞥的浅笑。

孀居一年后，普里西拉在他那儿谋了份差事。当时她三十八岁，小他两岁。几乎从她来的第一天起，他就自然而然地在加班后带她出去吃晚餐。他很快意识到，有生以来，他第一次觉得结婚是一件合理甚至必要的事。在遇到普里西拉之前，工作、学习、朋友和自由已经填满了他的生活，他也从没想过会有人令他想要改变自己的生活现状。

慢慢地，她开始敞开心扉。她在大学一年级后嫁给了一个飞行员，并且有了一个女儿。那段婚姻无疑是幸福美满的。可是在一次飞往印度的航程中，她的丈夫染上病毒性肺炎，在二十四小时内不治身亡了。

“真是难以置信，”普里西拉告诉他，“戴夫的累积航程都有一百万英里了。他能在暴风雪中让波音707平稳着陆，可是谁能想到竟会发生那样的事……我甚至都不知道如今还有人会死于肺炎……”

伦登从没见过普里西拉的女儿。在普里西拉跟他共事之后，这女孩儿就去旧金山读书了。普里西拉也提到过为何将那孩子送去遥远的地方。“我不想影响她太多，”普里西拉忧心忡忡地说，“戴夫的死对她打击很大，我想让她开开心心地度过青春岁月，离家里的愁云惨雾越远越好。我曾经就读于奥波利社区大学，在那儿我遇见了戴夫。南希之前跟我一起去参加过校友聚会，对她来说那地方也不算太陌生。”

十一月的时候，普里西拉请了几天假去学校看南希。伦登载她去了机场，在航站楼候机时，他们有十几分钟可以告别。“你知道我会非常想念你的。”他说道。

她穿着一身深棕色的绒面革外套，映衬着她的金发，显出贵族般的优雅美貌。“我相信。”她含情脉脉地说，“我真的很担心，最近南希的来信总是郁郁寡欢。我真的非常担心。你有没有过这样的感觉，总觉得大祸临头？”

然后他俩对视了一会儿，不约而同地笑了起来。“你看，这就是我之前不说这些事的原因，”她说，“我知道你一定认为我疯了。”

“恰恰相反，我所受的专业训练让我重视预感的价值，只不过我把这叫作直觉。为什么不早点告诉我你的担忧呢？也许我应该跟你一起去，要是在南希离开之前我就已经见过她该多好。”

“噢，别这么说，也许是因为我太多愁善感了。不管怎样，回来之后，我会听取你的建议的。”不知不觉中，他们的双手交扣在一起。

“别担心啦，孩子们会把日子过得井井有条的，如果真有什么麻烦，只要你说一声，我这周末就飞去陪你。”

“我真不该给你添麻烦……”

广播里传来冷冰冰的声音：“搭乘569次航班飞往旧金山的乘客现在开始登机……”

“看在老天的分儿上，普里西拉，你还不知道我爱你吗？”

“我很高兴……我想……我知道……我也爱你。”

这是他们共度的最后时刻，新生活的开始……对爱情的宣誓。

第二天晚上她打电话说，自己很忧心，希望跟他谈谈。那时她正和南希一起吃晚餐，不过一到酒店就马上给他回电，她还问，他会不会在家。

那天，他整晚都在等普里西拉的电话。但是落空了，普里西拉没有回酒店。第二天他才知道车祸的事，普里西拉租了一辆转向装置有问题的车，回酒店途中这车猛冲进了路边的壕沟里。

他本应该见南希一面的，不过当他赶到南希的住址时，卡尔·哈蒙教授招待了他，并告知了他跟南希的婚讯。从言谈举止来看，他的确是个独当一面、胸有成竹的人。他说南希不会回俄亥俄州，而且他们在晚餐时已经跟南希的母亲报备过结婚的计划。基尔南夫人有些担心南希年纪尚轻，结婚可能为时过早，不过这也是人之常情。她的遗体将被送回去，跟她的丈夫合葬。毕竟，在南希之前，这家祖孙三代都是加利福尼亚的居民。南希过去一直被教养得很好。他认为当务之急就是举办一个低调的婚礼，让南希有依靠。

伦登对此束手无策。他又能做什么呢？告诉南希，她的母亲跟他相爱了？这样做最有可能的结果是招致南希的怨恨。哈蒙教授似乎是个好人，而普里西拉所担心的那件事，毫无疑问就是南希的婚事了,毕竟她才刚刚十八岁。但对于伦登这个外人来说，他确实没什么理由横加干涉这个决定。

后来他高兴地接受了伦敦大学的教职邀请。因为一直身处国外，直到哈蒙谋杀案审判之后他才得知了这个消息。

在伦敦大学他遇到了爱丽森。她也是那儿的老师，普里西拉点燃了他分享人生的意愿，以至于他很难再回到之前那个有条不紊、死板利己的生活。有时他也会思量，南希·哈蒙究竟藏到哪里去了。过去两年他一直住在波士顿城里，距离南希仅仅一个半小时的车程。也许他能在南希身上，把之前亏欠普里西拉的弥补回来。

电话响了。内线提示灯立刻亮起来，他接起听筒。“博士，是迈尔斯夫人打来的。”他的秘书说。

爱丽森非常担忧地说：“亲爱的，你有没有听到那个关于哈蒙女孩的新闻？”

“我听到了。”他之前告诉过她关于普里西拉的事。

“你准备怎么办？”

妻子的问题进一步帮他厘清了自己潜意识中已经下定的决心。“我要完成几年前就早该去做的事，我要去帮她。有合适的时机我会尽快跟你联系。”

“愿上帝保佑你，亲爱的。”

伦登拿起内线电话，干脆利落地吩咐秘书：“请让马库斯博士负责我今天下午的几个面诊约会。告诉他事出紧急。以及，把下午四点的课程取消。我要马上开车去科德角。”

第十章

“雷，我们已经把那片湖翻了个底朝天。我们也在广播和电视上发布了新闻公告，甚至抽调了整个片区的警力来搜查。”亚当斯港分局的杰德·柯芬警官试图用这种感同身受的语气劝慰雷，一般来说，无法找到失踪的孩子时，他都会用这种态度与当事人沟通。

但面对雷眼中的熊熊怒火和死灰一般毫无血色的脸，他很难说得胸有成竹且宽慰人心。过去雷一直在骗他，认识南希的时候，雷说她来自弗吉尼亚州，在来这儿之前就已经认识多萝西了。雷告诉他许多事，却从未透露一点实情。警官也从来没有推敲过这事，他甚至从未起疑。而这恰恰是令他怒火中烧之处：他竟然从来没有怀疑过这家人。

对柯芬警官来说，事情的来龙去脉已经很清楚了。这女人在报纸上看到了让她原形毕露的报道，意识到每个人都会发现她的真面目，就失控发狂了。她一定是故技重施，用同样的方法杀害了两个可怜的孩子。警官不动声色地研究雷的神态，猜测雷应该跟他英雄所见略同。

烧焦的晨报碎片还躺在火炉里。警官意识到雷正盯着它们看。报纸没被烧焦的部分看起来参差零碎，很明显是被一个狂怒的人撕扯成这样的。

“斯玛瑟斯医生还在楼上陪着她吗？”话里话外流露出一种无意识的无礼——在这之前他一直称南希为“埃尔德雷奇夫人”。

“是的，他准备给她打一针让她放松点，但也不至于让她昏睡过去。我们要去跟她聊聊这件事。噢，天哪！”

雷在餐桌旁坐下，把脸埋在手心里。就在几个小时之前，南希还抱着米西坐在这张椅子上，麦克在一旁问：“妈妈，今天真是你的生日吗？”是不是他强迫南希庆祝生日引发了什么不好的联想？……还有那篇文章，是不是……

“不！”雷抬起头，眨了眨眼睛，把视线从站在后门旁的警察身上移开。

“怎么了？”柯芬警长追问道。

“南希永远不可能伤害孩子们。不管发生了什么，她都不可能那么做。”

“当你妻子神志清醒的时候，她当然不会这么做，但我见过绝望发狂的疯婆子，再说她是有前科的……”

雷站起来，他的手紧紧抓着餐桌边缘，双眼空洞地掠过警长，看向远方。“我需要帮助，”他喃喃低语，“真正的帮助。”

房间里乱成一锅粥。警员们正在快速进行屋内取证，准备把更多时间用在地毯式的户外搜索中。负责拍摄的警员还在厨房里拍照，咖啡壶就是在那儿摔到地上的，液体溅了出来，弄脏了烤箱和地板。电话响个不停，接线的警察一直重复着同一句话：“之后，警方会统一发表声明。”

负责接电话的警察到餐桌这边通报：“刚刚是美国联合通讯社打来的，他们对案子很感兴趣，一个小时后媒体记者会把我们围得水泄不通。”

通讯社。雷清楚地记得，那惊魂未定的表情是多么不容易才渐渐从南希脸上退去。他想起今天晨报刊登的那张照片，南希举起双手遮挡自己，就好像试图抵抗周围的嘘声。他一把推开了柯芬警官，慌慌张张地冲上二楼，打开主卧的大门，医生坐在南希身旁，握着她的手。“南希，你能听见我说话，”他正说着，“你清楚你听到我的声音了。雷也在这儿，他很担心你。跟他说说话吧，南希。”

她双眼紧闭。多萝西帮雷给她换下了湿衣服，为她披上了一件毛茸茸的鹅黄色长袍。包裹起来的南希，看上去出奇地小，似乎一动不动，几乎就是个孩子。

雷俯身向她说："亲爱的，求求你了，你得帮帮孩子们，我们一定要找到他们，他们需要你。振作点，南希，求求你振作起来。"

"雷，如果我是你的话，我不会让她这么做的，"斯玛瑟斯医生提醒道，他那狭长、感情充沛的脸上布满皱纹，"她被不知什么事情吓坏了，有可能是早上的报道，也有可能是别的什么事。她现在非常受煎熬。"

"可我们一定要弄明白到底出了什么事，"雷很坚决，"也许她看见了带走孩子的人也不一定。南希，我知道，我都懂。报纸的事没什么大不了的，我会陪你一起面对。但是亲爱的，孩子们去哪儿了？你一定得帮我找到他们。你觉得他们会在湖边吗？"

南希颤抖着，从喉咙里挤出哽咽的哭喊声，她的嘴唇轻吐出几个字："找到孩子……找到孩子。"

"我们会找到孩子的，但我们需要你的帮忙，求你了，亲爱的，我会帮你坐起来。你可以的，来吧。"

雷弯腰环抱住南希，让她在自己身体的支撑下坐起来。他看见南希脸上沙子摩擦留下的伤口，还有发丝中残存的潮湿沙砾。为什么会这样？除非……

"我给她打了一针，"医生说，"应该能缓解焦虑，又不会让她彻底昏睡过去。”

她感到身体沉甸甸的，意识也不清楚。很久以来她一直这么浑浑噩噩地生活着——自从母亲去世的那个夜晚……甚至在那之前，她是那么无助、那么脆弱……没有任何力气去选择、移动甚至说话。她还能记起，那些她沉沉入眠的夜晚，她的上下眼皮就跟黏在一起似的——那么重、那么惫懒。卡尔对她那么有耐心，他把一切安排得井井有条。她也常常跟自己说，要振作起来，必须打破这个没精打采的魔咒，可是她从没成功过。

但那都是陈年旧事了，她再也没想起过这些事——不管是卡尔、孩子们或者那个爱慕她的、常常逗她发笑的英俊学生罗伯·莱格勒。孩子们都很喜欢他，每次见到他都兴高采烈的。她也一直把他当作挚友——可后来这个人却在证人席上指控她：“就在孩子们失踪的四天前，她跟我说过孩子们会窒息而死，一字不差。”

“南希，求你了，南希，你为什么要去湖边？”

她听见自己发出的哽咽不清的声音。湖边。孩子们果真去了那儿吗？她必须得找到他们。

她察觉到雷把自己扶了起来，便把整个身体都靠在雷身上，然后她开始强迫自己坐起来。逃避是那么容易，就像从前逃进深深的梦里。

“就像这样，你做得很好，南希，”雷看着医生，“你觉得咖啡……”

医生点点头说："我马上让多萝西冲一壶。"

咖啡。看见报纸上的照片时，她正在冲咖啡。南希睁开了眼睛。“雷，”她耳语着，“他们会知道的，每个人都会知道。你没法再遮掩了……你没法遮掩。”她又想起了别的什么事，“孩子们，”南希突然攥紧了他的手臂，“雷，找到他们——找到我的孩子们。”

“别急，亲爱的。我们需要你。你得告诉我们事情的经过，每个细节都要。你再多坚持几分钟就好。”

多萝西端着一杯热气腾腾的咖啡走进来："接到消息我马上就泡了一杯咖啡。她好点了吗？”

“她现在清醒些了。”

“柯芬警长已经迫不及待想要审讯她了。”

“雷！”南希惊慌失措地抓紧了雷的胳膊。

“亲爱的，没什么大不了，这只是为了让他们早点找到孩子。没事的。”

她将滚烫的咖啡一饮而尽，吞咽着灼热、滚烫的液体。只要能让她重新思考……让她苏醒过来……让她别再这么昏昏欲睡。

她的声音。她又能说话了。她的嘴唇如橡胶般厚重、海绵般疲软。但她必须得说……得让他们找到孩子。她想下楼。她不能待在这儿……像上次那样……在房间里傻傻等着……无法下楼……无法面对楼下的人群……警察……教职工的太太们……你有任何亲戚吗？……需要我们帮你联系什么人吗？……没有……谁都没有……一个也没有……

她把身体全部的重量压在雷的臂弯里，跌跌撞撞地站起来。雷，她现在还有雷的臂膀可以依靠。他的孩子们。他的孩子们。

“雷……我没有伤害他们……”

“亲爱的，你当然不会。”

他的声音听上去是那么令人慰藉……又那么震惊。难怪他会感到意外，他想不通南希为何要强调这一点。没有哪个称职的母亲会说自己伤害了孩子们，那刚才她是为什么……

她用尽全身力气慢慢摸索到卧室门口。雷扶着她的腰使她不至于跌倒。她感觉不到自己的双脚。脚不在那儿，她自己也不在那儿。仿佛从前的梦魇成真了：好多个做噩梦的夜晚，她在入眠几分钟后清醒过来，蹑手蹑脚溜下床，去查看米西和麦克，为他们掖好被子再悄无声息地回到床上，她总是那么轻柔，以免打扰雷。不过即使在睡梦中，雷也会伸出手臂把她拉入怀中，伴随着他温暖熟悉的体味，南希很快会平静下来，再次进入梦乡。

他们走下楼梯。一楼的房间站满了警察。所有人都抬起头来看着他们，神情疑惑不解……时间似乎都静止了。

柯芬警长就坐在餐桌旁，她能感到他的敌意……和上次如出一辙。

“埃尔德雷奇太太，你还好吗？”

好一句言不由衷的问候。如果不是雷也在场，他恐怕根本不会费力气说这句话。

“我还好。”她一直都不太喜欢警长。

“警方正在搜寻孩子们。我有十足的把握会很快找到他们。但你务必得帮助我们。你最后一次见到孩子们是什么时候？”

“差几分钟到十点，我让他们在外面玩耍，自己上了二楼整理床铺。”

“你在楼上待了多久？”

“十分钟……最多不超过十五分钟。”

“接下来你又做了什么？”

“我下楼了，我本打算启动洗衣机就去叫孩子们回来。但是拧开按钮之后，我决定给自己热杯咖啡，接着就看见了报童送来的社区报纸。”

“你和报童说话了吗？”

“没有。我并没有跟他照面。我去拿报纸的时候，他正好经过街角。”

“明白了，后来又发生了什么？”

“我回到厨房，加热咖啡壶，那上面还有余温，然后翻阅报纸。”

“那你看到了关于你的那篇报道了？”

南希两眼发直地盯着前方，点了点头。

“看到那篇报道你有什么反应？”

“我好像大声尖叫起来……我记不清了……”

“咖啡壶又是怎么回事？”

“我打翻了它……咖啡洒出来了，烫伤了我的手。”

“你为什么这么做？”

“我不知道，我不是故意的。当时我已经崩溃了，我知道每个人都会用异样的眼光看着我。他们会在背后说悄悄话，戳我的脊梁骨，说是我杀了孩子们。绝对不能让麦克看到。我拿着报纸跑到壁炉边，把它塞进火堆里，点燃火柴烧了它……报纸烧起来……我想我得马上找到麦克和米西——我得把他们藏起来。就跟上次孩子们失踪的事件重演一样，我跑出去找麦克和米西。我怕极了。”

“好吧，现在最关键的问题是，你有看到孩子们吗？”

“没有，我出去的时候他们已经不见了，我大声呼喊他们，后来跑去了湖边。”

“埃尔德雷奇夫人，有个问题很重要。你为什么要去湖边？你的丈夫告诉我，孩子们从来没有不听吩咐到湖边去玩耍。你为什么不去公路上、森林里去找他们？或看看他们是不是到镇上去给你买生日礼物了？为什么你会觉得他们在湖边？”

“因为我太害怕了。因为皮特和丽萨就是淹死的。因为我必须要找到麦克和米西。米西的手套卡在秋千上了。她总是会弄丢一只手套。我跑到湖边去，我一定要找到孩子们，不然肯定会旧事重演的……他们的脸湿淋淋的，那么安静……一句话也没有……”她的声音渐渐低下去了。

柯芬警长站直了身体，郑重地说：“埃尔德雷奇夫人，我有责任告知你，从现在起，在获得律师指导前，你有权拒绝回答任何问题，但你所说的每一句话都可能会作为指控你的呈堂证供。”

没有给南希答话的机会，警长径直站了起来，昂首阔步走出厨房，到了后门。在屋后的车道上，有一名警员正在驾驶座上等他。一踏出房门，料峭、纤薄的冰雹像子弹一样劈头盖脸地袭来。警长上了车，呼啸的寒风在他身后砰的一声带上了门。缝隙里透进的凉意围攻着他的双脚，脚踝处的刺痛让他因畏寒流露出龇牙咧嘴的神情，警长大声吩咐道：“去湖边。”

如果天气进一步恶化的话，警方的搜查很可能会无功而返。这才晌午时分，但天光已经黑得跟晚上一样了。在最佳状况下，潜水作业也会一团乱。茅肖普湖是整个科德角最大、最深、最危险的湖泊之一，这也是为何多年来，这里一直是溺亡多发地的原因。涉入其中，可能第一步湖水还只是没腰，再走一步，你就发现自己已经在十二米深的湖水中了。如果那些孩子当真在此处溺水，恐怕得等到来年春天，才能在湖面打捞到他们的浮尸。因为气温急剧下降，短短几天之后，这湖面就有可能冰封。

这时节，湖边常常空无一人，在这种恶劣天气下更甚，不过现在堤岸上却三五成群地挤满了人，大家都一言不发地看着隔离区，背着器材的潜水员正在里面进行打捞工作，四周被围得水泄不通。

柯芬警官跳下巡查车，急急忙忙奔向湖边。他直奔负责打捞工作的皮特·里根探长，还没来得及开口，皮特意味深长的耸肩已经说明了一切。

融化的碎冰落进鞋里，警长跺了跺脚，在外套遮掩下耸了耸肩。他暗暗揣度着，也许就是在这儿，南希·埃尔德雷奇把孩子们拖进了水里。拜她所赐，现在人们正以身犯险。只有老天知道什么时候、在哪里能找到孩子们。专业点说，之前发生的一场闹剧就是……一个已被定罪的杀人犯，因为某个自以为是的律师以及一帮伪善的法官，推翻原审成功脱罪。

他生气地大叫皮特。

皮特立刻回复道："警长？"

"这些人还准备在水下打捞多久？"

"他们已经打捞过两次了，这次之后他们准备稍事休息，换个地点再试一次。"他指着录影设备，"看起来我们今晚可能会上头版头条了，你最好能准备一份关于此案的公开声明。"

探长用冻得发麻的手指伸进大衣口袋划拉着。"我已经打好草稿了，"他飞快地读了一遍，"我们正全力以赴搜寻埃尔德雷奇家的孩子们，志愿者们也在一寸一寸地盘查自己家的邻近区域以及周边的森林。直升机也在进行空中搜查。因为茅肖普湖的位置在地缘上靠近埃尔德雷奇家，所以也被纳入搜寻范围中。”

不过几分钟之后，当他向群集而来的新闻记者发表声明时，其中一人问道：“请问探长，有传闻说今天早晨在孩子们失踪之后，浑身湿透、歇斯底里的南希·埃尔德雷奇被人在湖边发现，请问这个消息是真的吗？”

“是真的。”

在警长的印象中，这个身材瘦削、眼睛细长的记者来自波士顿第五频道，他继续发问：“考虑到南希的案底，搜寻湖边这一决策是否有别的意味？”

“我们不会放过任何可能的搜查点。”

提问又多又急地砸向探长，记者们互相打断，争先恐后地问他：“鉴于之前的悲剧，埃尔德雷奇家孩子们的失踪缘由，是不是有别的可能？”

“回答这个问题恐怕会侵害埃尔德雷奇夫人的权益。”

“你什么时候会再审问她？”

“尽快。”

“埃尔德雷奇夫人是否已经知道今早对她的报道了呢？”

“我认为她知道。”

“对于那篇文章她做何反应呢？”

“无可奉告。”

“镇子里的绝大多数人都不知道埃尔德雷奇夫人的过去，这是否属实呢？”

“确实如此。”

“那你之前了解她的真实身份吗？”

“不，我不知道。”警长从牙缝里挤出这句话，“提问到此结束。”

可是，在他离场之前，又一个问题抛出来。一个来自《波士顿先驱报》的记者挡住他的去路，其他媒体人员在听到他的问题之后瞬间鸦雀无声——“警长，在过去的六年之中，科德角以及附近大陆是否发生过几起儿童被害的悬案尚未侦破？”

“对。”

“柯芬警长，请问南希·哈蒙·埃尔德雷奇定居科德角多久了？”

“我想应该有六年吧。”

“谢谢警长。”

第十一章

乔纳森·诺尔斯不知道时间过了多久，对茅肖普湖附近的嘈杂活动也毫无察觉。他只是隐约感到门前公路上的车流比平时更大。但因为书房坐落于房子的后部，传入他耳朵的噪声被隔离过，都已经衰减了。

意识到雷·埃尔德雷奇夫人就是臭名昭著的南希·哈蒙后，震惊之余，他又给自己倒了一杯咖啡，定了定神坐在书桌前。他决定严格执行自己的时间表——按照原计划开始研究哈蒙案。如果他发现，因为跟南希·哈蒙的私下接触导致他无法中肯客观地写作，他会选择把这一章从自己的书里删掉。

他的研究从仔细研读科德角报纸上的文章开始，冷酷无情的故事细节被别有用心地加以暗示，从而引发读者对当事人的厌恶：南希·哈蒙被描写成一个大学教授的年轻娇妻……抚育着两个孩子……住在校园的家属区里。一切都很美满，直到某天哈蒙教授派了一个学生到他家里维修燃油器。这个学生英俊潇洒，油嘴滑舌，很会讨女人欢心，而年仅二十五岁的南希无法抵挡他的魅力，倾心于他。

乔纳森读了文中摘录的庭审现场证词节选，涉事学生罗伯·莱格勒讲述了自己是如何遇见南希的：“那天我正好在哈蒙教授的办公室里，他接到了妻子的电话，说是家里的燃油器坏了。而我是电器维修的一把好手，所以我自告奋勇去他家查看。本来教授不想让我去，但联系不上相熟的维修工人，家里供暖的问题又迫在眉睫。”

“关于他的家人，教授有特意嘱咐什么吗？”一个检察官问道。

“有的。他说他妻子不是很舒服，让我不要打扰她。还说如果我有任何需要，或者想要探讨发现的任何问题，直接跟他电话联系就好。”

“你听从哈蒙教授的嘱托了吗？”

“我本可以不负所托的，先生，但他的妻子就像小狗一样跟在我身后，我无计可施。”

“反对！反对！”但辩方律师反对得太晚，这污点已经无法抹去了。这学生后面的证词更是对南希的处境产生了毁灭性的打击。他被问及是否与哈蒙太太有任何肢体接触。

他直截了当地说："确有此事，先生。"

"怎么发生的呢？"

"我当时正指给她看燃油器的紧急开关在哪儿。那个装置属于老式通风机的开关类型之一，问题就出在那儿。"

"难道哈蒙教授没告诉你别用任何问题或解释去打扰哈蒙太太吗？"

"她缠着我讨教这个。她说自己得学会使用家里的东西，所以我就告诉她了。接着，她暧昧地俯身靠近我，去试着拨弄开关，然后……坦白讲，我想着，为什么要拒绝呢？……所以，我就顺水推舟了。"

"哈蒙太太干了什么？"

"我能看得出来，她挺享受的。"

"你能明确说明究竟发生了什么吗？"

"其实也没什么。本来也没有实质性的接触，只是她乐在其中罢了。我令她意乱情迷，紧紧抱着她、亲吻她——大概一分钟之后她推开了我，这不过是欲擒故纵罢了。"

"之后又发生了什么呢？"

"我说了一些话表达刚才的接吻很不错。"

"哈蒙太太说了什么呢？"

“她只是看着我说……喃喃自语似的……她说：‘我得走了。’”

“我当时觉得要小心为上。我是说，我不想犯错而被退学，最后沦落到当兵入伍的境地。这不就是我们上大学的初衷吗？所以我说‘哈蒙太太，听我说’……就是在那时我觉得应该称呼她南希了……所以我说：‘听我说，南希，这件事不会给我们带来麻烦的，我们可以想个法子保持关系，同时避开他人的猜疑。重要的是，你不能离开这儿——你还有孩子们要照顾。’”

“哈蒙太太又是怎么回应的？”

“嗯，很有趣。就在那时，她的儿子……皮特……跑下楼来找她。他真是个安静的孩子，连作弄人的声音都没有发出。她恼羞成怒，低语着‘孩子们’，接着阴阳怪气地笑出声来，说：‘但他们就快要窒息而死了。’”

“莱格勒先生，你刚刚引用的那句话非常关键。你确定是哈蒙太太的原话吗？”

“是的，先生，我很确定。当时我也觉得毛骨悚然，所以才会记得那么清楚。但我当时也跟其他任何处在那种境况下的人一样，都觉得哈蒙夫人没有当真。”

“噢，南希·哈蒙说这话的日期你还记得吗？”

“那是十一月十三日。我印象很深，因为当我回到学校的时候，哈蒙教授坚持要给我一张支票来支付我帮他维修燃油器的费用。”

“十一月十三日……就在四天后，哈蒙家的孩子们在他们母亲的车里离奇失踪了，最终被海水冲上旧金山海湾才被发现，头上还套着塑料袋——窒息而亡。”

“确有此事。”

辩方律师竭尽全力想要削弱这个故事带给人们的冲击，追问道：“你当时有继续拥抱哈蒙太太吗？”

“没有，她和孩子们一起上楼去了。”

“这么说的话，你的证词只能说明，她很享受你的强吻罢了。”

“相信我，跟女人调情的时候，我能辨认出那些半推半就的小骚货。”

当南希作为宣誓证人上庭时，也被问及这一桃色事件，她答道：“是的，他确实吻了我。是的，我知道他即将这么做，我也默许了。”

“那你记得你曾说过孩子们将会窒息而死这种言论吗？”

“是的，记得。”

“你说这话是什么意思？”

根据这篇文章的描述，南希把眼光从辩方律师身上移开了，目光空洞地掠过法庭里的一张张脸。“我不知道。”她用一种恍惚迷离的声音回复道。

乔纳森摇了摇头，暗暗在心里咒骂着。这女孩压根儿就不应该被送上证人席。她的所作所为只能越描越黑。他继续读下去，到了描述发现两个孩子的悲惨场景，他的五官因不适而抽搐——整整两周之后，孩子们在十五英里以外的地方被海水冲上堤岸。他们的身体已经泡得异常肿胀，身上横七竖八地缠绕着海草，小女孩的身体更是残缺不全、血肉模糊——也许是被鲨鱼咬食的结果；吊诡的是，点缀着雪白装饰物的红色手织毛衣依然鲜亮，与瘦小的身躯形成奇异的对比。

读完文章之后，乔纳森将注意力转移到凯文寄给他的堆积如山的卷宗上。他靠在椅背上，从第一篇新闻报道的标题快照开始浏览，其中写到哈蒙太太购物期间，留在车里的两个孩子不见了。有大量关于两个孩子的模糊照片，还有极其详细的对他们身高、体重和衣着的描述，以及如有任何线索请拨打某个特殊电话号码的告示。凭着训练有素的头脑和眼力，乔纳森一目十行地理解、整合着信息，并轻轻用高光笔标示出之后可能用得到的事实记录。读到庭审现场的记录时，他懂了为何凯文要说南希·哈蒙在面对公诉人时简直就是瓮中之鳖。这女孩的行为不合常理。她的作证毫无抵抗的意味，完全正中公诉人的下怀。她为自己的清白喊冤，却让人觉得敷衍搪塞、虚情假意。

她究竟哪里不对劲呢？乔纳森反复琢磨着。她似乎不想脱罪。有一幕她甚至站在证人席上对她的丈夫说："噢，卡尔，你能原谅我吗？"

乔纳森前额的皱纹更深了，他还记得几个小时之前，当他路过埃尔德雷奇家的房子，还瞥见围绕在餐桌旁大大小小的一家子。再看看形单影只的自己，当时他还觉得忌妒来着。现在他们的生活完全被毁了。他们再也找不到像科德角这样与世隔绝的社区了，不管他们到哪里，都会被指指点点，饱受非议。每个人都能通过那张照片认出南希。即便是他也记得照片中她穿着那身花呢套装的样子——她最近依然这样打扮。

突然，乔纳森想起了在洛韦利超市的偶遇。他和南希正巧都在那儿购物，他们停下来聊了两句。他很喜欢南希的套装，跟她说没什么比一套纯羊毛的粗花呢套装更好看了，那些合成的便宜货可没有这样的质感和光泽。

南希看上去光彩照人。她脖子上随意地系着一条黄色丝巾，搭配棕色和锈色的着装主色调，越发衬出明艳的气色。她微笑着——那温柔、可爱的笑容足以令人沦陷其中。孩子们跟在她身边，两个都非常礼貌、善良。这时，男孩说道：“噢，妈妈，我去拿麦片。”接着他伸手去够，结果不小心撞倒了堆成金字塔形的汤罐头。

突如其来的哗啦声让超市里的所有人都向他们跑去，包括店主洛韦利先生，他是个坏脾气、难讨好的人。这种情况下，很多母亲都会因为难堪而痛骂闯祸的孩子。乔纳森很欣赏南希的处理方法，她平静地说：“洛韦利先生，我们很抱歉，这孩子不是故意的，我们会把商品收拾好。”

接着她对惊慌失措的小男孩说：“别担心，麦克，你只是无心之失。快来，让我们一起把罐头重新码好。”

眼瞅着洛韦利要开始发表一些不中听的言论，乔纳森不客气地瞪了他一眼让他住嘴，然后帮着一起摞罐头。真难以置信，这样一个温柔细腻的年轻女人会在七年前亲手杀死自己的另外两个孩子——她十月怀胎生下的孩子。

但冲动是一种非常强有力的情绪动机，再说她又那么年轻。也许她在法庭上的冷漠表现正是她对控诉的一种接受，因为她不能在大庭广众之下公开承认自己曾犯下了这样惨绝人寰的罪行。他之前不是没见过类似的情况。

门铃响了。乔纳森惊讶地从椅子上站起来。在科德角没有不告而访的会客传统，而所有上门推销都是被明令禁止的。

他一边走向门口，一边意识到久坐使自己的身体异常僵硬。出乎意料的是，来访者是一位警官，他依稀记得之前在一辆巡逻警车中见过这张年轻的面容。乔纳森脑中闪过的第一个念头是这警察是来交付一些罚款单的，不过他立即就排除了这种想法。年轻警长接受邀请进入屋内。他的举动因为某些原因显得干脆利落、严肃正经。“先生，很抱歉打扰您，但我们正在调查埃尔德雷奇家的孩子们失踪一案。”

然后，当乔纳森还在傻盯着他看的时候，他掏出了一个笔记本。眼睛扫射了一圈这井井有条的房子，开始盘问："先生，你独自住在这儿，对吗？"

没有作答，乔纳森径直绕过他打开了厚重的前门。终于，他意识到路上有很多不熟悉的车正往湖边驶去，看到许多背着沉重雨具、脸色阴沉的人从街区的各个角落蜂拥而来。

第十二章

“南希，喝点吧，你的手太凉了。这能帮你暖暖身子。你需要振作起来。”多萝西连哄带劝地说着。南希却摇了摇头。多萝西把杯子放在桌子上，希望新鲜蔬菜的香气和冒着泡泡的辣味番茄汤底，可以引起她的食欲。

“这是我昨天做的，”南希有气无力地说道，“准备给孩子们中午吃。孩子们一定都很饿了。”

雷就坐在南希旁边，他的手臂保护性地环抱在南希椅子的后背上，烟屁股在面前的烟灰缸里堆成小山。

“别折磨自己，亲爱的。”他小声说道。

屋外，除了风打在百叶窗和窗玻璃的呼啦声，还断断续续地传来直升机低飞的声音。

雷看见南希满脸狐疑的神色，解释道：“他们派了三架直升机地毯式搜索这片区域。科德角的每个镇子都派出了志愿者帮忙寻找。海湾外面还有两架直升机。每个人都在帮忙。”

“湖里还有潜水员，”南希说道，“搜寻孩子们的身体。”她喃喃的低语声像是从很遥远的地方传来。

向媒体发布公告之后，柯芬警长回到警局打了好几通电话。结束之后他又回到了埃尔德雷奇家，正巧听见南希的话。他训练有素的眼睛只需一瞥便能如同扫描一般将全部情况尽收眼底——她失魂落魄的双手和身体、捉摸不透的神情和声音全都散发着不祥的预兆。这几乎令他震惊，如果他们运气好，也许用不了多久就能证明南希的恶名不是空穴来风。

他的视线从她身上移开，寻找伯尼·米尔斯的身影，就是他留在屋里当值的警察。伯尼站在厨房门口，弓着身子随时准备接听电话。他那泛黄棕色的头发抹着厚厚的蜡，服帖地扣在瘦骨嶙峋的脑门上。在短短的金色睫毛掩护下，突出的眼睛向水平方向打着眼色。收到暗号之后，柯芬警长再一次看向了餐桌旁的三人。雷站起身，走到他妻子的椅子后面，把手搭在她的双肩上。

有一瞬间，杰德·柯芬仿佛回到了二十年前，那时他还只是波士顿警局的新人。有一天他在办公室接到了一个电话，告诉他蒂利亚的亲人们在一场意外事故中丧生了。

他急忙赶回家。她穿着睡裙和长袍坐在厨房里，正在一边小口喝着她最爱的速溶热巧克力，一边看报纸。她突然转过身，很惊讶他那么早回家，不过还是露出了开心的笑容。开口之前，警长也做出了跟雷·埃尔德雷奇一样的动作——把双手放在她的肩上，环抱住她。

见鬼，不就是需要一点飞机起飞前空姐进行安全演讲的勇气吗？“在紧急迫降时，调直座椅靠背，抓紧你的扶手，把你的脚死死钉在地上。”那种情况下她们会叮嘱“一定要让你的身体扛住这猛烈的震荡”。

“雷，我能私下跟你说两句吗？”他很唐突地冒了一句。

南希的身体开始发抖，雷的手依然抱着南希的肩膀让她不至于倒下。“你找到孩子了吗？”她问道，声音低得近乎耳语。

“亲爱的，如果警长找到孩子，他会告诉我们的。你就好好坐在这儿吧，我很快就回来。”雷弯下身子飞快地用自己的脸颊蹭了蹭南希。没等南希做出任何回应，他就站直了身子领着警长穿过连廊，走到宽敞的起居室里。

杰德·柯芬警长对眼前这个年轻的高个儿男人生出一种不由自主的欣赏，此刻雷正站在火炉旁背对着他。即便在这种情况下，雷身上也有一种与生俱来的镇定自若。他突然回忆起雷曾因为在越南枪战中表现出卓越的领导才能被授予勋章以及晋升为上尉的事。

无可置疑，他是个风度翩翩的男人。他站立的姿态、说话的风格、穿着打扮、举手投足，他那线条凌厉的下颌还有薄薄的嘴唇，甚至他轻轻搭在壁炉架上强壮又结实的手臂，全都由内而外地散发出他的人格魅力。

他待在原地，好一会儿才恢复了公正威严的做派。杰德慢慢环视这个房间。宽大的橡木地板在圆环勾饰的地毯下闪闪发亮，雕花的铅制窗框中间立着一个干燥的水槽，乳白色的背景墙上挂满了装饰画。杰德发现画中的场景自己非常熟悉。挂在壁炉上方的巨型画作是南希·埃尔德雷奇的石景盆栽临摹，挂在钢琴上的乡村墓地图景是沿着科德角教堂女士路往下走的私人公墓。沙发上方挂着一幅橡木框饰的画，生动地展现出久别故里重返乡的韵味——所有渔船在夕照下齐齐驶向芝加哥港，背景处用水粉寥寥勾勒出被称为“监视所”的亨特老房子，就像一粒被风吹入沼泽的蔓越莓。

杰德确实时不时看到南希·埃尔德雷奇在镇子里写生，不过对她的作品并不抱太大期望。大多数拿着画笔闲荡的女人最后装裱出来的作品都像课堂上给学生看的示意图。

嵌在墙里的书架安置在火炉的另一侧。由厚重的破旧橡木做成的桌子，跟他印象中的一模一样，在他的外祖母去世后，他们捐了一个这样的桌子给教堂义卖会。看上去属于南希的锡灯放在稍矮些的桌子上。火炉旁的摇椅在扶手和靠背处装饰着手工刺绣。

杰德暗暗拿这房间与自己最新装修好的起居室相比，感到有些难受。蒂利亚选择了黑色塑料质感的沙发和座椅；餐桌则由玻璃桌面与金属桌腿组成；厚实的黄色毛毯铺满了整个地面，脱落的长毛总是会黏在鞋上。更糟糕的是，家里还没训练好的达拉斯猎狗总在上面流口水或者撒尿，这毯子完完全全地保留着这些印记。

“您有何吩咐，警长？”雷的声音听起来疏远且不友好。警长意识到，雷已经把他视为敌人了，毕竟雷刚刚目睹了他例行公事地警告南希关于有权拒绝回答问题的全过程。雷知道他在想什么，也知道他们正处在对立面……

这样的情形，杰德·柯芬警长经历过无数次了，因此可以举重若轻地应对。他一下就逮住了雷的软肋，并且直接戳中对方的痛处，他有些无礼地问道：“雷，谁是你太太的律师呢？”

他脸上一闪而过的犹疑神色，以及微微僵直的身体已经暗示了答案。正如杰德指出的那样，雷还没有采取关键的应对措施，还在自欺欺人地想要把南希包装成一个普通的、因丢失孩子而变得歇斯底里的母亲。天哪，说不定他还盘算着让她去上电视节目，手里绞着方巾，眼睛哭得发肿，语带恳求地说：“请把孩子还给我。”

不过，杰德有新消息要告诉雷，他的娇妻之前已经演过这一出。杰德还能搞到七年前的录像，那场面被媒体讥讽为“令人落泪的哀求”。事实上，旧金山的检察官助理已经在半小时前的电话会议中提供了这段视频资料。“让那贱人省省伪善的眼泪吧。”他很想这么说。

雷答话的声音很轻，他的声音听上去非常压抑。“我们还没有联系律师，”他说，“我想也许……今晚搜查之后……”

“很快所有搜查都会终止，”杰德直截了当地说，“这种鬼天气，没人能发现任何蛛丝马迹。但我得先把你太太带到警察局去审问了。如果你还没有为她找好律师的话，我会让法庭给她指派一位。”

“你不能这么做！”雷几乎是暴怒地咆哮着说出了这几个字。接着，他费了很大力气平复自己的情绪。“我的意思是，如果你把南希带去警局，她会崩溃的。这些年她一直都做同一个噩梦：梦见自己在警局里被盘问，接着有人带她走过一条长长的回廊进入停尸间，让她辨认自己孩子的尸体。我的老天爷，她现在如此惊慌失措。你就这么肯定她不会告诉我们她究竟看见了什么吗？”

“雷，我的工作是找到你的孩子。”

“对，但你难道没看见只是读了一遍那该死的报道，她就已经变成什么样了吗？究竟是哪个浑蛋写了这篇文章？这人得多恶毒才会去翻这种旧账，还去投稿，说不定就是他带走了孩子。”

“我们自然会调查这个。这种文章的署名一般都是编造的笔名，不过被这个栏目采用的稿件作者，会获得二十五美元的稿费。”

“所以，这个作者究竟是谁呢？”

“我们正在努力找呢，”杰德答道，语气有些不悦，“投稿的附信说，刊登这篇文章必须满足以下条件：不能修改任何内文；所有提供的图片都必须使用；必须在今天，也就是十一月十七日刊登。编辑跟我说，他觉得这篇文章的文笔很好，也很引人入胜。事实上，他觉得这故事太好了，作者为了区区二十五美元向他投稿，真是愚蠢之极。不过这话他是不会直接说出口的，他就口述了一封回信，接受了投稿人的所有要求，并在信中附上了稿酬的支票。”

杰德把手伸进自己的裤兜里摸索笔记本，查阅问讯记录。“十月二十八日我们收到快递揽收的通知，第二天，编辑助理接到一个电话询问关于哈蒙案的投稿是否予以采纳。当时信号很差，而且通话人使用了变声器，助理并没有听清来电人说了什么，不过她告诉对方，支票已经在寄去的路上了，请留意海恩尼斯港存局候领邮件的通知。稿酬支票寄给了一个叫作J.R.潘洛斯的人。第二天支票就被取走了。”

“对方是男是女？”雷急促地问道。

“我们不清楚。你也知道，即便是现在这种旅游淡季，海恩尼斯港也还是有很多游客来来往往。邮局的业务相当繁忙，取件人只需要声明取件就可以了。没有柜员记得这封信，目前也没有价值二十五美元的支票被兑换为现金。如果支票被领取，我们会顺藤摸瓜排查到 J.R. 潘洛斯的。实话讲，就算最后查出来这篇文章是镇子里某个老太太写的，我也不会吃惊，她们钻研八卦的劲儿总是特别足。”

雷死盯着壁炉。“现在这时节很冷，”他说，“炉火让人好受很多。”他的目光落到壁炉架上的小品画上，那是麦克和米西还是婴儿时，南希给他们画的。他的喉咙突然发紧，雷清了清喉咙，掩饰自己的哽咽。

“我并不认为你现在真的需要一团火，雷，”杰德沉静地反驳道，“我跟你私聊的目的是想让你劝南希换身衣服，跟我们一起回警局。”

“不……不……求求你……”柯芬警长和雷转过头看向通往房间的拱道。南希正站在那儿，一只手扶着拱门弯曲的橡木把手支撑着自己的身体。她的头发已经干了，在脑后松松地挽了一个圆髻，垂在细细的脖子上。过去几个小时的紧张煎熬，让她的脸色变得很差，在深色头发的衬托下，显得越发惨白。她眼中流露出一种近乎破罐破摔的神情。

多萝西就站在她身后，“她想要来你们这儿。”多萝西略带歉意地说。

雷匆忙迎上去，她从雷的眼神中，感受到了明显的责备。“雷，我很抱歉。没能拦住她。”

雷把南希抱在怀里。“没事的，多萝西。”他简短地回应道。他的嗓音变得柔和起来，“亲爱的，好好休息吧，没有人会伤害你。”

多萝西感到他话外的不满——他本指望她能让南希免于卷入这一场他和警官的对话，但她让他失望了。她是个无用之人——什么忙也帮不上。“雷，”她支支吾吾地说，“我知道现在说这话不是时候，但办公室那边刚刚打来电话提醒我，克雷格鲍罗斯先生，他对亨特的老房子感兴趣，想在下午两点看房。要不我叫别人带他去？”

雷紧紧地抱着南希，目光从她头顶越过。“我一点也不在乎这事，”他冷冰冰地答道，接着又飞快地补充说，“多萝西，对不起，如果你能带客户去看房子，我会感激不尽的。你也知道只要价格合理，监视所越快出手越好。可怜的老亨特急需这笔钱。”

“我还没来得及通知帕里什先生，今天我们可能会带人看房。”

“他的租约上白纸黑字写得清清楚楚，我们有权在任何时候带人看房，只要提前半小时给他打个电话就行了。这也是他贱价租到这房子的原因。让办公室给他打个电话，告诉他你要过去。”

“没问题。”多萝西犹豫不决地等待着，还不想离开，“雷……”

他看着她，明白她欲言又止的话，不过还是把她赶走了：“这儿没你的事了，多萝西，你忙完监视所的事情之后再回来吧。”

她点点头，转身离开了。她打心眼里不想走，想要陪着他们，为他们分忧解难。自从走进雷办公室的第一天，他就成了她生活的主线。她用整整二十五年的时间围着雷转，所有的时间安排全都迁就他，那时她孤苦无依，而且人生第一次感到恐慌。但和雷一起工作，帮他把业务发展壮大，用自己室内装潢的知识说服客户买房，并且掏钱装修，让她的生活重新充实起来。雷是个多么正直、善良的人。他给她的股份分红非常慷慨。就算是亲生儿子，恐怕也不会比他更好了。当南希来到这儿的时候，她很自豪能够得到南希的信任。不过南希心里还是有所保留，因此她们也不算完全意义上的亲密无间，当下她尤其感到自己是个局外人。她一声不响地离开了他们，拿上大衣和围巾向后门走去。

开门的时候，她打起精神应付寒风和雨夹雪。她的车停在屋后半圆形的私人车道上。她很庆幸不用经过前门的车道，有一家广播电视网站派来一辆电视车，就停在大门口。

她急匆匆地向车走去，在院子边缘瞥见了挂在树上的秋千。孩子们就是在那儿玩耍，南希也是在那儿找到手套的。有多少次她自己也推着孩子们在那儿荡秋千？麦克和米西……最坏的可能是有什么事情在他们身上发生了——他们可能死了——她突然觉得喘不过气来。噢，天哪，可千万别……万能又慈悲的上帝啊，千万别这么做。她曾经开玩笑说要当孩子们的干外婆，当时南希的脸上露出极其痛苦的神情，错不了的，她悔得想把自己的舌头咬下来。这么说实在是太冒昧了。

她呆呆地盯着秋千出神，丝毫没有意识到湿冷的雨夹雪在拍打她的脸。不管南希什么时候来拜访办公室，孩子们总是围着她的办公桌打转。她一直都尽力给他们惊喜。就在昨天，南希带着米西来的时候，她还准备了巧克力曲奇，那是她前一晚烤好的特别礼物。南希预备去挑选布料，多萝西主动提出帮忙照看米西,还有去幼儿园接麦克。“选布料这种事一定要集中精力才行，”她说，“我要去法院取一些所有权调查的公文，如果有人跟我一起，会非常好玩的，回来的路上我们还能吃一点冰激凌，如果孩子们可以吃零食的话。”这才过了短短二十四小时……

“多萝西。”

她万分惊诧地抬起头。乔纳森从森林里抄近路过来，今天他的脸显得尤其沧桑。她知道他快六十了，眼前的他看起来确实是个花甲之年的老人了。“我听说埃尔德雷奇家的孩子们出事了，”他说，“我得跟雷谈谈，也许我能帮得上忙。”

“你真好心，”多萝西慌张地说道。他声音里流露出的关切有一种特殊的抚慰人心的力量，“他们在屋里呢。”

“还是没有孩子们的消息吗？”

“没有。”

“我看见报纸上登的文章了。”

多萝西突然意识到，自己好像自作多情了，乔纳森冷冰冰的语气就是明证。她这才想起，自己曾经骗过他，说自己在弗吉尼亚的老家看着南希长大。她有气无力地拉开车门："我还有约。"她硬邦邦地抛下这句话，没等乔纳森回复，就钻进车子，启动了发动机。直到她的视野渐渐模糊起来，她才意识到，泪水正在眼中打转。

第十三章

他尽情享受着直升机发出的哗啦声。这让他想起上一次，所有人都四散开去，在以校园为中心的数公里范围内寻找孩子们。他从前窗看出去，远远地眺望海湾。码头附近的灰色海水因为寒冷而结成冰块。之前天气预报已经发出过大风警报,以及雨夹雪。一度，天气播报员的预言确实应验了。狂风之下，海湾附近的海水汹涌成白色巨浪。他远远看见一群海鸥摇摇晃晃地盘旋，徒劳地想要逆风前行。

他仔细地检查屋内屋外的温度计。现在，室外温度零下二摄氏度，跟早上相比已经跌了快七摄氏度了。这种天气下直升机和巡逻机不会长时间在空中作业的。陆地上也不会部署大量搜查员。

今晚七点涨潮。那时他会带着孩子们穿过顶楼到达户外阳台，也就是人们常说的屋顶天台。涨潮时海水会淹没底下的沙滩，海浪拍在护墙上水花四溅，然后又被水下猛烈的逆流吸收，重回大海深处。到那时把孩子们抛出去……越过围栏……落入水中……也许要过好几周他们的尸体才会被海水冲上岸……即使他们在几天之内被发现，他也早有准备。他只会给他们一些牛奶和饼干。他不会傻到喂他们别的食物，因为那就意味着在早餐之后他们吃过别的东西，还接触过南希以外的人。当然，最理想的状况是，当他们被找到时，尸体已经毁损得无法被法医检查。

他轻笑起来。同时，他还有五个小时——长长的五个小时——可以欣赏南希家附近和湖边支起的探照灯，可以和孩子们待在一块儿。想想看，即便是那个小男孩，都是个漂亮的孩子……那么柔软的皮肤、匀称健康的身体。

但那个小女孩……她长得太像南希了——那绸缎般的美丽秀发和小小的、可爱的耳朵。他从窗边猛地回头。两个孩子正躺在沙发上。他在牛奶中放的镇静剂使两个孩子睡得很沉。男孩的手臂保护性地环抱着他的妹妹。但他把小女孩抱起来的时候，小男孩动也不动。他盘算着把小女孩抱进卧室，放在床上，脱下她的衣服。他把她小心翼翼地搬进卧室，把她放下，整个过程中女孩一丁点儿声音也没发出。他走进盥洗室，打开了浴缸的水龙头，调试水流到适宜的温度。水放满之后，他用手肘测了测水温。稍稍烫了一点，不过也还好，只需要几分钟就可以晾凉了。

他深吸了一口气，感到自己在浪费时间。他飞快地打开了药柜的门，拿出一罐婴儿爽身粉，那是今天早上在威金斯超市，他偷偷放进自己大衣口袋里的。他正向门边走去，发现一只小小的橡皮鸭藏在刮胡膏后面。他都快忘了这回事……怎么会忘了呢？上次不就用上了它……真是正中下怀。他低声笑起来，抓住鸭子，用冷水冲洗它，感觉橡胶都已经开裂，而且失去弹性了。他把鸭子扔进浴缸，有时候分散孩子们的注意力是个好主意。

拿起那罐爽身粉，他快步回到卧室，很快地解开米西夹克的扣子，把外套脱下来。接着他轻而易举地把她的高领衬衫和贴身内衣掀过头顶，一起褪下。他长叹了一声，语带埋怨。接着抱起小女孩，将她柔软的身体紧紧贴着自己。才三岁，花骨朵一样的年龄。她动弹了一下，慢慢地睁开眼睛。“妈咪，妈咪……”这呼喊虚弱又慵懒——那么亲切，那么珍贵。

电话响了。

他愤怒地加重了手上的力道，小女孩开始痛苦地哭叫，发出无助又迷糊的声响。

他本想放任电话响着。从来、从来都不会有人打电话联系他。现在是怎么回事呢？他眯起眼睛。也许是镇子里给他打来电话，让他参与志愿巡查的队伍。他最好接这个电话，不然会显得可疑。

他把米西扔回床上，妥帖地关好了卧室的房门，然后才走到起居室接电话。“在。”他控制自己的声音，听起来正式又冷漠。

“帕里什先生，但愿我没有打扰到你。我是埃尔德雷奇置业的多萝西·普伦蒂斯。很抱歉这么仓促地通知你，不过二十分钟之后我会带一个有买房意愿的客户来看房。你会在家吗？还是我要带备用钥匙呢？”

第十四章

伦登·迈尔斯正从6A大道上转向派多克辅路。从波士顿出发之后，一路上他都把收音机调在新闻频道。大多数新闻都是关于南希·埃尔德雷奇和埃尔德雷奇家丢失的孩子们。

根据广播，茅肖普湖正被分区检索。不过，要花上三天才能搜查完整个区域。茅肖普湖的水面下有很多暗礁。广播引用了亚当斯港柯芬警官的解释：在某些水域，走到湖中心，水依然只没过腰部，但在几码远的另一处水域，离堤岸五英尺远的地方或许就水深十二米了，水下的暗礁会挂住或者挡住设备，导致搜查行动非常危险，并且难以完成……

广播还宣布，直升机、小型海上飞机以及陆上搜查队伍都已派出。但因为科德角的大风警告，空中搜查不得不叫停。

听到广播里说南希·埃尔德雷奇被送到警局分部接受盘问，伦登下意识地提高了车速。他忧心如焚地想要尽快赶到南希身边。但他很快发觉自己必须减速。雨夹雪正劈头盖脸地浇在挡风玻璃上，除冰装置已经疲于融化这成块的冰霜。

终于驶进派多克辅路的时候，他轻而易举地找到了埃尔德雷奇家的房子。这房子已经成了整条街的风暴眼，没有人会弄错的。行驶到半路时，他看见有一辆电视车停在房子对面，大门口停着两辆警车。电视车附近有很多私家车在路边一字排开，车身上还印有各家媒体的标识。

半圆形车道的入口被一辆警车封锁了。伦登停车，等着警察过来询问他。果然有个警察来了，他态度生硬地说："请问有何贵干？"

伦登料到会有这一出，早有准备。他交出自己的证件，以及一张潦草涂写的便笺："请把这张便笺交给埃尔德雷奇太太。"

这警员似乎有些犹豫不决。"麻烦您在这等等吧，博士……我得核实一下。"他很快回来了，态度也有了微妙的好转，"我会把警车移开。您可以停在私人车道上，请进，先生。"

记者们一直在街对面收集周边八卦消息，现在一拥而上。其中一个趁伦登下车时，把麦克风凑到他跟前。

"迈尔斯博士，可以问您几个问题吗？"

不经许可，他飞快抛出了问题。“先生，您是哈佛大学医学院著名的精神科医生。请问是埃尔德雷奇家的人请你来的吗？”“没人请我，”伦登掷地有声地答道，“我和——我曾经和——埃尔德雷奇夫人的母亲是朋友。我来这儿只是出于私人感情的因素。”

他尝试着突围，不过又被一个拿着麦克风的记者截住了：“您说您曾与埃尔德雷奇太太的母亲是挚友。您能否告诉我们：南希·哈蒙·埃尔德雷奇是否曾是您的病人？”

“一派胡言！”伦登费尽力气从记者群里挤出来，来到门廊上。另一名警员正为他开门。“就在那儿。”警员说着，示意他右侧房间的方向。

南希·埃尔德雷奇就站在壁炉边，身旁是一位年轻的高个儿男子，无疑是她的丈夫了。伦登一眼就能辨认出她。那如刀削般精致小巧的鼻子，大大的深邃如夜色的蓝眼睛，在厚厚的睫毛下忽闪，额头处的 V 型发际线，简直跟普里西拉是一个模子印出来的……

无视警官充满敌意的表情，以及站在窗边满脸皱纹的男人的审视。他径直走向了南希。“我早该来了。”他说。

这女孩直愣愣地盯着他，不过她明白他的话中之意。“我以为你上次就会来的，”她告诉他——“就是妈妈去世的时候。我很确定你会出现，可是你没有。”

伦登从专业角度检视着南希受到巨大冲击之后的生理反应：放大的瞳孔，僵硬的肢体，低沉的、毫无起伏的声音。他转身对雷说："如果有任何用得上我的地方，请让我帮忙。"

雷聚精会神地打量着他,本能地对眼前这个人感到亲近。"那请您以博士的身份，说服这位警官，如果带南希去警局会对她造成多大的伤害。"雷非常直率地说。

南希直直地凝视着伦登的脸。她觉得自己很疏离，随着时间一分一秒地流逝，自己好像渐渐飘向了远方。但她知道迈尔斯博士是个与众不同的人。母亲曾那样喜欢他，在来信中的字句是那样开心，他的名字也频繁地被母亲提及。

母亲来大学看望自己的时候，她本想聊聊这位博士的。这人究竟有多重要？但因为卡尔一直陪伴左右，母亲似乎不愿当着外人的面谈论他。她只是微笑着说："噢，真是太重要了，不过我晚点再告诉你全部故事吧，亲爱的。"

一幕幕都记忆犹新。她一直很想与迈尔斯博士会面。母亲出意外之后，她本能地预感到他会给自己打电话。她当时非常需要跟一个同样热爱母亲的人谈谈……

"你曾爱过我的母亲，是吗？"她问出了这个问题。她几乎不曾意识到自己竟然问出了这个问题。

"是的，我非常爱她。我不知道她向你说起过我。我以为你或许会恨我。我应该早点来帮忙的。"

“现在救救我吧！”

他紧紧握住南希的手，她的手凉得惊人。“我会尽力而为的，南希，我保证。”南希无力地倒了下去，她的丈夫用手臂环抱住她。

伦登很欣赏雷·埃尔德雷奇的仪表。这个年轻人虽然因焦虑脸色铁青，表面上却波澜不惊。他对自己的妻子维护有加，并且对自己的情绪有极强的掌控力。伦登注意到沙发旁的餐桌上有一幅精心装裱的画，那是一张户外写生，画上雷正抱着两个孩子，一个小男孩和一个小女孩……两个已经失踪的孩子。无疑是这样。多么美满的家庭啊。有趣的是，整个房间里没有一幅南希的肖像。他猜测恐怕她从不给自己拍照。

“南希，来，亲爱的，你先休息休息。”雷温柔地安抚她躺在沙发上，把她的双脚也一并抬了上去。“这样好多了。”她温顺地朝后躺下。伦登看到她的视线一直死盯着雷和孩子们的速写，然后痛苦地合上了眼睛。她打了一个哆嗦，整个身体都在瑟瑟发抖。

“我想最好再添一把火。”他对雷说。伦登从壁炉上方的篮子里挑出中等个头的柴火，扔进了火光明灭、浓烟滚滚的壁炉里。一阵火焰猛蹿了上来。

雷掖了掖裹住南希的被子。“你得保暖，亲爱的。”他说。有那么一小会儿他用双手捧着南希的脸，泪水从南希紧闭的眼中流下来，打湿了他的手指。

“雷，请问你允许我代表南希，并作为她的法律顾问吗？”乔纳森的声音听起来与平时有些不同，一字一句都充满着权威性。他分外平静地迎上雷错愕的目光。“我向你保证，我的专业实力相当过硬。”他公事公办地说。

“法律顾问。”南希喃喃低语着。她眼前出现一张面无血色又惊慌失措的脸——上次那个律师的脸。多梅思，他好像是叫这个名字——约瑟夫·多梅思。他不停地游说她：“你得告诉我真相。我必须知道实情才能帮你。”即使作为代理律师，他也不相信南希。

但乔纳森·诺尔斯不同。她很欣赏他的傲气以及说话时的庄严派头，而且每次聊天时他都很关注两个孩子……洛韦利超市——对了，几周之前他还帮他们把麦克不小心撞翻的罐头重新码起来。出于直觉，南希很确定他喜欢自己。她睁开双眼：“那就麻烦您了。”南希说着，看了雷一眼。

雷点点头：“乔纳森，你能来帮忙，我们真是感激不尽。”

乔纳森转向伦登说：“博士，请问，现在这情形，让埃尔德雷奇夫人去警局接受盘问，从医学角度讲是否明智呢？”

“非常不明智，”伦登立即回应道，“我强烈建议，所有的审讯都在这里完成。”

“但我什么也记不起来了。”南希的声音听上去非常疲倦，虽然同样的话她已经絮絮叨叨好几遍了，“你看，我知道孩子们之前在哪儿，但自从早上在厨房里看到报纸之后，我就一直神志不清，直到雷叫醒我。”她抬起头，目不转睛地盯着伦登，眼里含着泪水，“你能帮我记起来吗？有什么方法可以做到吗？”

“你具体是指什么？”伦登问道。

“我是说，有没有可能，你能有什么办法，让我知道……我是否看见了……是否做过……是否做了什么事……我必须得知道……我不想藏着掖着。如果我真的丧心病狂地伤了孩子……我们得知道所有来龙去脉。如果错不在我，那有没有可能我……我知道他们的下落，我们现在是在浪费时间。”

“南希，我不会同意——”但雷打断了她，他看见她脸上痛苦的神情。

“博士，请问有没有可能帮南希回想起来，今天早上究竟发生了什么呢？”乔纳森问道。

“有可能。她现在正经历创伤后失忆症，在经历重大灾难之后出现这种情况很正常。在医学上，这被称作癔症性遗忘症。只要给她注射一剂阿米妥钠[1]，她或许能松弛下来，告诉我们究竟发生了什么事，即她所了解的真相。”

“使用镇静药物之后的回答是不能作为庭审材料的，”杰德

1 译者注：注射用阿米妥钠为白色颗粒或粉末，主要用于安眠、镇静、抗惊厥（小儿高热惊厥、破伤风惊厥、子痫、癫痫持续状态）和麻醉前给药。

厉声说，“我不会允许你们用这种方式审问埃尔德雷奇太太。”

“我以前的记性很好，”南希喃喃地说，“读大学的时候我们玩过一个小游戏，看谁能把自己每天的日程记得清清楚楚。你只要不停地回想过去的日子，直到一个你什么都记不起来的日期为止。我赢得太多了，舍友都拿这事打趣我。每件事都清清楚楚……”

电话响起来，就像一枚信号弹在房间里炸开了。南希往后缩了缩身子，雷用自己的手盖住她。所有人都一声不吭，直到负责接电话的警察进入房间，他说：“警官，劳烦您移步。”

“我向诸位保证，这就是我们一直在等的关键信息。”杰德对南希和雷说，“诺尔斯先生，如果你能跟我们一道前去，我会感激不尽。雷，你也是。”

“亲爱的，我去去就回。”雷对南希耳语道。接着他嘱托般地看向伦登，伦登的表情让他很安心，他们一行人出了房间。

伦登看着宽慰的神色从南希脸上渐渐消失。“每次电话一响，我都以为孩子们被找到了，而且平安无事，”她絮絮叨叨地说，“可是转念一想，说不定又会跟上次一样……空欢喜一场。”

“保持镇静，”伦登说，“南希，这很重要。跟我说说你是从什么时候开始有记忆障碍的？”

“皮特和丽萨死了之后……或许更早。自从嫁给卡尔之后，很多事情我就记不清了。”

“可能是因为你把那些日子和孩子们关联在一起，所以回忆对你来说是一件过于痛苦的事。”

“但整整五年……我一直觉得特别辛苦……在妈妈去世之后……总是很累。可怜的卡尔……他多么有耐心。他为我包揽了所有事情。从孩子们刚出生开始,一直都是他在晚上照顾孩子们。每件事对我来说都太难了……孩子们消失之后，我什么也记不起来……就像现在……怎么着急都没用。”她的声调越来越高。

雷回到房间里，他有些不对劲，伦登看见雷紧抿双唇，双手有些轻微颤抖。他发现自己在祈祷：上帝啊，可千万别是坏消息。

“博士，能麻烦您跟乔纳森说两句吗？”雷尽了最大努力来保持自己的声调平衡。

“当然没问题。”伦登急匆匆地往通向餐厅的拱形门廊处走去，他猜测这通电话一定让雷心灰意冷。

当他赶到餐厅的时候，柯芬警长正在打电话。他咆哮着向警局的值班中尉下达命令：“快他妈到那个邮局去，把所有在十月十三日值班的柜员都给我集中起来盘问，直到有人想起是谁取走了寄给 J.R. 潘洛斯的《科德角社区新闻》。我要完整的描述，就现在！”他砰的一下砸了电话。

乔纳森也非常紧张。几乎没有任何引入，他直截了当地说：“博士，我们不能浪费时间了，必须马上治疗南希的失忆症。老实跟您说，因为写书，我手上有哈蒙案件的完整卷宗，我花了三个小时把它们全都看完了，也读了今早刊登在报纸上的文章。我刚才突然发现了一个或许能扭转局面的关键，我还请柯芬警长给洛杉矶的州检察官打电话并验证我的猜想。他的助理刚刚回复了我们。”

乔纳森把手伸进口袋里摸索自己的烟斗，没有点燃，用牙叼住它，接着说：“博士，您或许了解，儿童失踪案发生之后，如有刑事犯罪发生的可能，警察常常会故意保留一些线索，这可以帮助他们在公布失踪事件之后，迅速排查一些误报的无用线索。”

他越说越快，即便这样，依然觉得浪费了太多时间：“我注意到七年前孩子们失踪时，所有的新闻报道都将他们走失时的穿着打扮描述为穿着红色的羊毛衫，上面有白色的装饰图案。没有任何一家媒体在报道中提及这图案的确切样子。我猜想——后来证明我确实猜对了——这图样的具体信息是被刻意保留了。”

乔纳森直瞪瞪地盯着伦登，希望他能马上明白接下来的分析有多么重要。“《科德角社区新闻》报刊登的文章准确无误地指出，哈蒙家的孩子失踪时穿着红色羊毛衫，上面还装饰着特殊设计的白色帆船图案，并且几周后尸体被海水冲上岸时，他们依然穿着那身衣服。这衣服是南希自己做的。除了旧金山的顶级调查官们，现在还没有一个人知道这件事。”乔纳森的音调更高了，“如果我们假定南希无罪，这个知情者就是七年前绑架了哈蒙家孩子们的那个人——同时也是一个月前写了这篇文章并在今天发表文章的作者。”

“那您的意思是——”伦登发问。

“博士，作为南希的律师及朋友，我希望，第一步您要治愈她的失忆症——这当然事不宜迟！我会劝说南希放弃所有的防御和抵抗。眼下最重要的是知道南希已知的记忆，否则可能来不及救孩子们了。”

“我可以给药房打电话，让他们送点东西过来吗？”伦登问。

“没问题，博士，”杰德命令道，“我会派一辆巡逻车去取您要的任何东西。就现在——我替您给药房打电话。”

伦登沉着地在电话上提出了自己的要求，之后他走进厨房拿了一杯水。噢，真是虚掷时光，他想着——最糟糕的浪费。自从普里西拉的意外之后，悲剧就开始了……因果循环……因果循环。如果普里西拉还没有去世,她也许会劝南希不要这么早结婚。哈蒙家的孩子们可能就不会出生。他猛地把自己从徒劳的思虑中抽出来。整个厨房里的指纹都已经被仔细检查过了。工作台上、洗水槽边、火炉旁明显地散落着很多谷粒，也还没有人来收拾咖啡洒出的污渍。

他回到餐厅的时候，正听到柯芬警长说：“听着，乔纳森，我也许有些过于强调自己的权威，但当你们询问南希的时候我会一直开着录音机。如果她在使用了镇静剂的状态下承认了任何事，警方不会直接使用这证据，但我会在之后的正式问询中让她无处可逃。”

“她不会隐瞒任何事情，”乔纳森不耐烦地说道，“我现在担心的是，如果我们承认她是无辜的——不仅在麦克和米西失踪的事件上如此，在哈蒙谋杀案中也是如此——那我们可以猜测：如果哈蒙案中杀死孩子们的真凶给《科德角社区新闻》投稿，并且通过海恩尼斯港的邮局跟他们联系，他一定已经在科德角好一阵子了。”

“你是说，今天早上是这个人诱拐了埃尔德雷奇家的孩子们？”柯芬警长说。

乔纳森重新点燃了他的烟斗，在回答之前猛吸了一口。“恐怕是这样。”他说。他刻意控制自己的声音不流露任何情绪，伦登立刻明白过来，乔纳森认为，如果哈蒙案的凶手带走了埃尔德雷奇家的麦克和米西，他们或许已经遇害了。

“但还有另一种可能，”杰德推理说，“如果我们不将埃尔德雷奇太太视为嫌犯之一，也不排除是一位在哈蒙案中某个没有现身的知情人写了这篇文章，并且绑架了埃尔德雷奇家的孩子们。第三种可能是这两个案子根本就没有任何联系，但有读者今早看了这篇文章之后，认出了卷入儿童失踪案的埃尔德雷奇太太。也许是一位被吓破胆的母亲，认为南希不配拥有她的孩子们，所以将他们带走了。我在办案的经历中见识过很多疯子都能将自己的行为合理化。”

“杰德，”乔纳森厉声说，“我想申明的是，不管还有哪些人可能卷入这一事件，有一个显而易见的结论是：我认为七年前孩子们失踪时，南希知道的远比她说出口的更多。”

伦登扬起了眉毛，杰德则皱紧了眉头。看着两人的表情，乔纳森重重地把手拍在桌面上。“我并不是说南希畏罪隐瞒，我是说她并没有把所知事实完全说出来，甚至可能她在潜意识中意识不到自己知道这些事。看看她站在被告席上的照片，她整张脸都写满了迷茫。读一下证词，我的天，读一下庭审证词。这女孩全程走神。她的律师虽然从法律程序上试图为她开罪，但他并没有阻止检察官折磨她。如此卑鄙下流的陷害手段，你们现在竟然试图在这里重演。”

“我试着不受你的推论影响……就这样……我得完成我的工作，找到孩子们——活要见人，死要见尸——还有是谁诱拐了他们。”杰德明显已经没有了耐心，“前一秒你还跟我说，她的身体过于虚弱不适合接受盘问，下一秒你又说她知道的比她告诉我们的更多。听着，乔纳森，我知道你的爱好是写一本关于解析争议判决的书。但我可不会拿生命开玩笑，也不陪你跟法律玩纸上游戏。”

“等等，”伦登拉住了警长的胳膊以示挽留，“诺尔斯先生……乔纳森……你认为南希对于上一个谋杀案的任何回忆都能帮助我们找到埃尔德雷奇家的孩子们？”

“完全正确。但问题是我们应该如何复现这些记忆，而不是让她把这些信息在潜意识中埋得更深。迈尔斯先生，在精神病学领域，你是运用阿米妥钠的专家，对吗？”

“是的，我是。”

“请问是否有可能不仅让南希回忆起今天早晨发生了什么——我猜可能没有太多有用的信息——而且让她想起一些过去的蛛丝马迹，一些她自己也不知道自己掌握的线索？”

“有可能。”

“或许她能给一些切实有效的线索，让我们找到麦克和米西的行踪，请您试试看好吗？”

一小时后，多萝西重新回到屋子里，整个起居室和厨房只剩下当值接听电话的警员伯尼·米尔斯。“他们都在那边，”他说，转过头示意前厅的方向，“有些奇怪的事情发生了。”

多萝西匆匆忙忙地跑过走廊，却在房间门口呆呆立住了。看到眼前的场景，她把已经到嘴边的寒暄生生咽了回去。南希躺在沙发上，头下垫着枕头，身上裹着被子。一个看上去像医生的陌生人坐在她身旁，正轻声说着什么。南希的双眼紧闭着。神情痛苦的雷和面色铁青的乔纳森并排坐在双人沙发上。杰德·柯芬坐在沙发背后的餐桌旁，用麦克风对着南希。

多萝西意识到这里正在发生着什么，她连外套都没脱，直接在一个椅子上坐下。麻木地用冻僵的手指在深口袋中划拉着，不自觉地抓紧了右边袋子里潮湿、毛茸茸的羊毛碎屑。

“南希，你现在觉得怎么样？舒服吗？”伦登的声音非常平静。

“我很害怕……”

“为什么呢？”

“孩子们……孩子们……”

“南希，让我们来聊一下今天早晨的事吧。昨晚你睡得好吗？你醒来的时候精力充沛吗？”

南希的声音听上去仿佛沉思一般：“我做梦了，梦到很多事情……”

“梦到什么了？”

“皮特和丽萨……他们要是还活着应该很大了……七年前他们死了……”她开始抽泣。乔纳森牢牢抑制住雷，不让他冲过去，此时南希哭叫道：“我怎么会杀了他们？他们是我的孩子！我怎么可能下手……”

第十五章

多萝西和约翰·克雷格鲍罗斯约在办公室见面。在那之前，她尝试用粉扑掩盖自己哭得通红的眼睛。她试着劝自己，去亨特的老房子就当是散散心。可以暂时转移注意力，不用一直为寻找孩子们行踪的蛛丝马迹而心烦。线索究竟在哪里呢？

通常她会在正式看房之前，先带潜在买主游览整片区域。带他们看看沙滩、湖泊和码头。带他们看看散落在克兰巴瑞高速路和海湾之间气势宏伟的老房子，看看从茅肖普塔楼上尽收眼底的令人窒息的美，还有老城里的纪念碑。

但今天，由于冰雹不停擦剐着汽车的车顶和车窗，天空中乌云密布，海边冰冷的空气只能让人感到砭骨的凉意，她选择直奔监视所。

要全神贯注地完成眼下的工作实在太难了，她心猿意马。她已经许多年没有哭过，但现在得咬住嘴唇把泪水生生忍回去。她感到肩上的担子实在太重了，这悲伤和恐惧已经超出了她的承受范围，要是有人可以分担该多好。

她行驶在容易打滑的路上，用余光偷偷瞥着身边这位肤色黝黑的男人。约翰·克雷格鲍罗斯大概四十五岁，有着举重运动员一样的健硕身材，但与生俱来的得体谈吐很好地弥补了他略有方言色彩的发音。

他告诉多萝西，他和他的妻子准备卖掉他们在纽约的餐厅，并且一致决定要把生意投资在他们可以安度晚年的地方。他们非常希望生意重新开张的地方，既能在冬天吸引很多富裕的退休人群，也能在夏天吸引避暑的度假游客。

暗暗思量了一下这些需求，多萝西开口道："我从不推荐在科德角的另一边投资餐厅，那边已经挤满了汽车旅馆和比萨店——整个区域连根针也插不进去——不过这边依然非常可爱。监视所很有潜力成为一家饭店或宾馆。在三十年代，它被大规模整修成了一家乡村俱乐部，不过在当时，人们没有闲钱加入乡村俱乐部，所以这里的生意一直不怎么红火。直到亨特先生买下了这房子以及地皮——整整九英亩，包括一千英尺的滨海区域以及整个科德角风景最好的地点之一。"

“监视所原先是属于一位船长的，对吗？”

多萝西意识到，约翰·克雷格鲍罗斯已经提前了解了这房子的历史——这意味着他对这笔交易有很大的兴趣。“对，确实是。”多萝西答道，“在十七世纪九十年代，一位捕鲸的船长建了这房子作为礼物送给自己的新婚妻子。四十年前，这房子被翻修了一次，加了两层楼，不过原先屋顶的构造被保留了下来，比如在靠近烟囱顶部的区域有一个令人着迷的小阳台——所谓的屋顶瞭望台，因为船长们的妻子总是喜欢在那儿痴痴等待丈夫们归航的帆影。”

“大海有时的确冷酷无情，”她的同行人附和道，“顺便问问，这房子带码头吗？如果定居此处，我打算买条船。”

“有一个非常棒的码头。”多萝西向他保证，“噢，天哪！”在驶向通往监视所的蜿蜒小路时，汽车惊险地打滑了。她成功地调直了轮胎的方向，窘迫地看了一眼约翰。不过他似乎并没有受到惊吓，反而和善地夸奖她，敢于在冰封的路面上行驶，真是位勇敢的女士。

这句话像尖刀一样刺中了多萝西内心的隐忧。真是“屋漏偏逢连夜雨”。车子没在这样的羊肠小道上打滑就已经谢天谢地了。她对于这趟看房之旅进行的所有心理建设在顷刻间轰然崩塌。要是天气稍微好一点，沙滩、街道和树林里应该全是搜寻麦克和米西的青壮年。然而天气这样糟糕，只有最古道热肠的人才会考虑外出——更何况大多数人都认为搜寻是白费功夫。

“驾车对我来说不算什么，”她的声音有些沙哑，“我只是很抱歉，埃尔德雷奇先生不能跟我们同行，但我想您能谅解。”

“我很理解，”约翰·克雷格鲍罗斯说，“为人父母，最痛苦的恐怕就是丢失年幼的孩子！我很抱歉在这个节骨眼儿占用你的时间，作为同事兼好友，你一定也很担心吧。”

定了定神，多萝西没有回应约翰话中的同情之意。“我们多聊聊这房子吧，”她说，“所有前窗都能将海景尽收眼底。大门的门楣处装饰着精美的气窗，当年所有好房子都时兴修这个。宽阔的一楼房间里有山形的壁炉。像这样的日子，人们会很愿意待在一个既能让他们观赏海上风暴，还能提供酒水，又温暖的餐馆里。我们到了。”

他们沿着环形车道行驶，整个监视所一览无遗。在多萝西看来，这房子若隐若现的轮廓映衬着被遮蔽的堤岸，显得异常阴鸷、荒凉。冰雹击打着的墙面灰扑扑、光秃秃的，饱经风霜的窗户和门廊也无情地袒露着剥落的百叶窗和塌陷的户外楼梯。

她惊讶地发现帕里什先生没有关车库的门。也许他之前进屋卸货之后，忘记回来关门了。但这挺让他们省事的，她可以直接把车开进宽敞的车库里，停在那辆旅行车旁边，然后借着车库延伸出的屋顶边缘的遮挡走进房里。

“我有后门的钥匙，”下车的时候她告诉约翰·克雷格鲍罗斯，“很抱歉我忘记带上雷的高尔夫伞了，希望您没有被淋湿。”

“不用为这种小事费心，”他打趣道，“我就是个粗人。看起来不像吗？”

多萝西浅浅一笑，点了点头。“好吧，那我们赶快冲进屋里。”他们跑出车库，贴着墙根走完了通往厨房后门的五十英尺路程。即便如此，他们也没少受罪，脸庞被冰雹猛抽着，外套被寒风撕扯着。

令人不悦的是，多萝西发现后门上了双锁。帕里什先生真是小心谨慎过了头，多萝西在心里抱怨着。她在背包里摸索着开顶锁的另一把钥匙，总算找到了。她飞快地摁了一下门铃，通知帕里什先生他们到了。推开门的时候，还能听到在二楼回响的铃声。

她的买家看上去依旧镇静自若，不动声色地拍落大衣上的冰雹，用手帕擦干了自己的脸。多萝西判断，他是个有城府的人。她得控制自己，在看房的过程中既不能显得紧张，也不要过于多嘴。她身上的每个细胞都在催促她赶紧交差走人。先看这边……还有这个……还有那边……好了，现在赶快回到雷和南希身边吧，说不定已经有了孩子们的消息。

她注意到他正在专心地研究厨房，这才掏出自己的手帕轻擦面颊，她突然意识到自己穿了新的仿麂皮冬衣。今天早晨，考虑到要带客人看房，她才穿了这身。她知道这衣服很好看，尤其这灰色跟她黑白相间的胡椒盐式发色很搭。就是这衣服又深又大的口袋让她惊觉自己没有穿那件旧的防风大衣——就今天这天气来看，那件旧衣服更合适些。

她还有别的小心思。噢，是的。当她穿上这件外套的时候，她也期盼下午的到来，乔纳森·诺尔斯会不会碰巧来办公室并且注意到她的新衣服？也许今天他会请她出去吃晚餐。几小时前她还在畅想这样的美事，为什么转瞬间事情就全变了？翻天覆地的变化……

“普伦蒂斯太太？”

“在。噢，我很抱歉，我想我今天状态有些不好。”她感到自己的话音听上去有些强颜欢笑的意味，“如您所见，这厨房需要更加现代化的翻修，好在它的布局不错，而且也宽敞。这壁炉的大小也足够烹饪一屋子人的伙食——但我肯定您会想要更现代化的烤箱。”

她不经意地提高了嗓音，寒风围着这房子咆哮，发出刺耳、悲切的声音。她听见楼上传来摔门声，接着，又马上响起了哭号声。或许是自己有些神经衰弱，今天这房子实在让她心烦意乱。厨房也冷得不行。

她急忙领路到前厅，迫切希望克雷格鲍罗斯先生能被海景征服。

他们在窗前立住，将令人窒息的美景尽收眼底，这糟糕的天气使他们的所见愈加迷人。澎湃的白色浪花汹涌着，激荡、跌落，撞在岩石上四下飞溅，又退回大洋深处。他们并肩而立，盯着眼前惊涛拍岸、脚下礁石嶙峋的磅礴之景。

“涨潮时这些岩石会被彻底淹没，”她说，“走下去后，稍微往左边走几步，经过防波堤，就能看见一个巨大的漂亮沙滩，那也属于这房产的一部分，我之前提到的码头就在沙滩后面。”

她领着他走遍每个房间，指出宽大的橡木地板、巨大无比的壁炉、饰有铅花栅栏的窗格，以及房间的整体布局，这一切有多么适合开发成一个令人满意的餐厅。他们上了二楼，他仔细检查着这些将被租给客人过夜的大房间。

“翻修的时候，他们把小卧室改成了连接大房间的盥洗室，”多萝西解释道，“现在，只需要给这些美丽的套间上漆和贴墙纸就好。光是这些铜质床架就值不少钱。说真的，很多家具都非常棒——例如那个高脚抽屉柜。我曾经经营过一家室内装修的工作室，装修这种房子是我最愿意干的活儿。它的潜力是无穷的。”

他心动了——从他花时间打开衣橱的柜门、敲击墙壁以及打开水龙头的行为，都能看出来这点。

“三楼有更多卧室，帕里什先生的卧室在四楼，”她说，“那套间原本是为乡村俱乐部的住户管理员预备的，非常宽敞并且视野极佳，能把整个镇子以及整片海景尽收眼底。”

他在房间里踱步，没有搭腔。自觉有些话多并且过于强势，多萝西走到窗户旁边，给他一些时间安静考量这房子，并且等他发问。快点，快点，她想着。她想要离开这里。回到雷和南希身边，跟进事件发展的渴望让她心乱如麻。或许孩子们就在外面某处，在这种坏天气里忍受风吹雨打；或许她应该开着车，四处寻找；或许他们只是一时贪玩走丢了；也许她应该去森林里瞧瞧，如果她呼喊他们的名字……她摇了摇头。自己真是太傻了。

昨天在办公室，南希把米西托付给她，嘱咐说："外出的时候请务必给她戴上手套，她的手总是冻得冰凉。"南希一边笑着一边把手套递给她，补充道，"你看，这两只手套不是一对——但我也不想费那个力气。她就是个丢手套专业户。"她给了一只红色的手套，上面饰有一张笑脸，另一只手套有蓝绿相间的格子。

多萝西记得临出门前米西兴奋的笑脸，她举着两只小手，调皮地提醒说："妈咪说不要忘记了手套，多萝西阿姨。"之后，他们接了麦克，在返程途中买冰激凌时，她主动问道："吃甜筒的时候我可以把手套摘下来吗？"上天保佑这小可爱平安无事。多萝西轻轻抹掉了眼角的泪水。

定了定神，她压抑住自己的情绪，转向约翰·克雷格鲍罗斯，他恰好记录完房间的尺寸。"除了这种绝妙的老房子，你再也找不到这么高的吊顶了。"他欣喜若狂地说。

她待不下去了。"我们现在上楼吧，"她有些唐突地说，"我想您会喜欢上面的视野。"她领路重新回到大厅，走到前面的楼梯处。“对了，您注意到这房子有四个加热区吗？这能省一大笔燃油费呢。”

他们快步走上两段台阶。“三楼和二楼几乎一模一样，”经过三楼的时候她解释道，“印象中，帕里什先生断断续续地租了这房子六七年吧。他的租金很低，因为埃尔德雷奇先生考虑到，如果有人住在这儿，可能就不会有什么人来这里蓄意搞破坏。我们到了——就在这走廊下面。”她敲了敲套间的房门。“帕里什先生，”她喊道，“帕里什先生？”

她打开手提袋：“真是奇怪了，没用车，他能去哪儿呢？还好我有备用钥匙。”她心烦意乱地在手提包中摸索着。通电话的时候，帕里什先生对于她要带人看房的行为明显感到不悦。如果计划出行，他本应告诉她的。她希望这屋子还算整洁。并没有那么多金主对高达三十五万美元的买卖有兴趣。这房子几乎一整年都无人问津。

多萝西没有注意到门把手从里面被拧开了。门猛地开了，她抬起头，倒吸了一口冷气，直勾勾地迎上四楼租户考特尼·帕里什探寻的双眼和大汗淋漓的脸庞。

“你们真是风雨无阻啊。”帕里什站到一旁，把两人让进屋内，彬彬有礼地说着。他一边把着门，让出进门的通道，一边想着还是不要握手比较好，因为他感到自己手心里全是汗水。

他的目光在两人身上扫来扫去。要是他们听见那小女孩的哭声怎么办？这次真是太莽撞、太掉以轻心了。挂掉电话之后，他急急忙忙地收拾起孩子们的衣服，他太亢奋了以至于差点忘记了小女孩的内衬。然后那罐婴儿爽身粉也被打翻了，他不得不收拾干净。

他用胶带封住了孩子们的双手双脚和嘴，将他们藏到楼下壁炉后的密室中。几个月前，他在屋里闲逛的时候发现了这个密室，也知道这种建筑结构为很多科德角老屋所特有。在印第安人袭击时期，很多住户常常会躲进其中。转念一想，他又非常惶恐，万一那个愚蠢的地产女销售知道密室的存在，并且打算向买家展示呢？楼下主厅的嵌入式书柜里有个弹簧机关与密室相连。

万一她真知道呢？在多萝西的别克轿车停在楼下、倒车入库的时候还有机会，他从窗前的监视点冲下楼把孩子们抱上来，把他们藏进卧室里最深的那口衣柜里。情况会大不一样的。他可以说自己用这个衣柜储物，并且弄丢了开锁钥匙。本来他也换了一把新锁，那个愚蠢的地产女销售不可能有备用钥匙。除此以外，这房里还有一个大小相仿的衣柜，可以供她展示。这计划真是百密一疏……聪明反被聪明误啊。

他们在楼下停留的时间够长了，他又反复检视了一遍整间公寓，确保自己没有错过任何细节。浴缸里的水没有放掉，因为他知道自己在电话里显得烦躁不安，不如顺水推舟误导多萝西，让她以为自己那会儿正要洗澡，这也解释了他烦躁的缘由。

他忧心如焚，想要回到小女孩身边。他能感到身体某处的躁动和饥渴。就现在，离他们所有人几英尺远的地方，在那扇门后面，她弱小的身子还半裸着。噢，他等不了了！小心驶得万年船，心急吃不了热豆腐。他尝试集中精神关注理性的声音，但实在是太难了……

“约翰·克雷格鲍罗斯。”那该死的买家坚持握手，在这场避无可避的握手之前，他笨拙地在裤子上蹭了蹭自己的手心，“考特尼·帕里什。”他愤愤地说。

握手的瞬间，他看见对方脸上一闪而过的不悦。科德角的餐厅有一半都是同性恋者在经营，现在这所房子也被盯上了。也行，反正今天之后他就不再需要这房子了。

他突然意识到，如果这房子被卖出去，且考特尼·帕里什这个人再也不出现在科德角，那就没有人会怀疑这地方是案发现场。接着，他会减重，蓄长头发，等孩子们的身体被发现之后，南希会受到指控，届时他会改头换面去旁听庭审。对他来说，做这些事情算不上大费周章，事情的发展都在他的掌握之中，一定会按计划进行的。

极端的兴奋如电流一般击中他的身体，使之轻轻战栗。何必这么紧张呢？他甚至还能出于邻里情谊问候南希。突如其来的自信使他的语气变得镇定自若：“很高兴遇见您，克雷格鲍罗斯先生。我非常惋惜，您与此地的首次邂逅，竟然遇上了如此糟糕的天气。”奇迹般地，他手心、腋下和腹股沟的汗水也消退了。

逼仄门厅里的气氛明显缓和了下来。他意识到这种紧张的情绪主要来源于多萝西。这也不奇怪。他眼见着她无数次在埃尔德雷奇家的院子里进进出出，推着孩子们荡秋千，用自己的车载着孩子们出游。他对于这类人看得门儿清：徐娘半老的悲情寡妇，想要获得目标人物的重视——她们就是一群寄生虫。丈夫亡故，膝下无子，她就差一个年迈多病的母亲。以上种种，使她们乐意为朋友牺牲一切。她们往往对母亲非常友善，为什么呢？因为她们需要这么做。她们必须受到重视。如果她们有孩子，就会一门心思扑在孩子身上，就像南希母亲曾经那样。

“我一直在听收音机，”他对多萝西说，“我很不安。埃尔德雷奇家的孩子们有下落了吗？”

“还没有。”多萝西的每一根神经都绷不住了。她隐约听到屋内的收音机正在播报，“公告”一词跃入她的耳朵。“失陪一下，”她疾呼着快步走进起居室，找到收音机。她匆忙调大了音量。“……暴风雨越来越猛烈。八十至一百千米每小时风速的狂风即将登陆。车行风险高，对埃尔德雷奇家走失儿童的空中和水下救援暂时中断。特遣巡逻车将继续在亚当斯港和邻近区域巡查。亚当斯港的柯芬警长呼吁任何可能有线索者及时上报。他强调发现有任何异动都要与警务人员商讨，例如曾出现在埃尔德雷奇家附近的可疑车辆，出现在附近区域的陌生人或陌生团伙。欢迎拨打热线：KL-53800。情报提供者的个人信息会受到警方保护。”

播音员继续说：“虽然现在紧急呼吁大家提供失踪儿童的相关线索，但据可靠线报称，南希·哈蒙·埃尔德雷奇夫人将会被带到警局接受审讯。”

她得回到南希和雷身边。多萝西猛地转过身对约翰·克雷格鲍罗斯说：“你看，这公寓很可爱，尤其适合夫妇二人同住。从前窗和后窗看出去，风景都令人心旷神怡。”

“你是个天文学家吗？”约翰·克雷格鲍罗斯对考特尼·帕里什说。

“不算是。为何这么问呢？”

“因为那是个非常专业的望远镜。”

帕里什这才后知后觉地意识到望远镜依然对着埃尔德雷奇家的房子，眼看约翰·克雷格鲍罗斯就要凑上去了，他飞快地把镜头推向天空。

“我热衷于观星。”他匆忙补充道。

约翰·克雷格鲍罗斯眯起眼睛通过镜头观测着。“真是精良的仪器。”他高呼道，“相当精准。”他小心翼翼地将望远镜调回他第一次注意到这庞然大物的初始位置。感到帕里什身上散发出来的明显敌意后，他直起身子开始研究这个房间。“这公寓真的布置得不错。”他对多萝西评价道。

“再没有比这更让我快活的了。”帕里什自告奋勇地补充说。

此刻,他已心急如焚。他知道自己又一次令人生疑地反应过激了。汗水又重新冒了出来。还有什么地方被他疏忽了呢?这周围有孩子们的蛛丝马迹吗?他偏执地扫视着整个房间。天衣无缝。

多萝西说:“如果没有别的问题,我们去看看卧室和卫生间吧。”

“当然可以。”

他已经提前将床罩打理得服服帖帖,把婴儿爽身粉的罐子塞进了床头柜的抽屉。

“这浴室就跟我们今天看见的那些次卧一样大。”多萝西对约翰·克雷格鲍罗斯说。接着,她环视一圈,低头发现了注满水的浴缸,赶忙说:“噢,真抱歉,我们确实来得不是时候,打扰你泡澡了。”

“我其实也没什么要紧事做。”话虽如此,但他故意向多萝西流露出因被打扰而感到不悦的神色。

约翰·克雷格鲍罗斯慌忙退回卧室中,他意识到眼前这个男人并不欢迎他们的来访。故意让浴缸满着水就是用卑劣的方式来发泄不满,尤其浴缸里还飘着一只橡胶鸭子,那是孩子的玩具。他感到有些恶心,露出嫌恶的神情。不过关门时,实木的光滑触感打动了他。这房子的结构的确十分和谐。约翰·克雷格鲍罗斯一直是个头脑冷静的聪明人,但他也相信直觉。直觉告诉他这房子有潜力成为一家很棒的餐厅。房产中介要价三十五万美元……

他可以给二十九万五千美元，最多不超过三十二万美元。他很清楚这价钱已经足够了。

他在心中打定了主意，转而对屋子里的家具摆设产生了兴趣："我可以打开这个壁橱看看吗？"本来这个问题只是走过场，但他已经在转动门把手了。

"很抱歉。我换了壁橱的锁，又把钥匙弄丢了。如果不介意的话，你可以看看其他壁橱……跟这个一模一样。"

多萝西目光锐利地看了一眼新的把手和锁，都是平价五金店里粗制滥造的产品。"但愿你还没扔掉原装的把手，"她说，"所有这些门把手都是精选的黄铜制品。"

"是的，我还留着，不过需要修理。"天哪，这女人不会非要试试这把手吧？万一新锁被扯开了呢？本来也没有很扎实地嵌在旧木头里面。万一不小心滑开了呢？

多萝西紧盯着把手的眼神松弛下来，骄躁的怒气一闪而逝。苍天，就算全宇宙的黄铜把手被换掉了又如何呢？谁会在意这个？

帕里什不得不咬紧牙关，以免冲口命令这个吵闹的女人和她的潜在买家滚蛋。他们和孩子们仅仅一门之隔。他把胶带封得够紧吗？孩子们会因为听见熟悉的声音而发出求救声吗？他必须得赶快送走这两个瘟神。

其实多萝西也归心似箭。她觉察到卧室里有一股难以名状的熟悉气味——专属于米西的气味。她转向约翰·克雷格鲍罗斯说："如果您看得差不多了，或许我们可以……"

他点点头："我看好了，谢谢你。"他一边说着，一边离开，这次明显不愿握手了。多萝西跟在身后。"谢谢你，帕里什先生。"她转过头匆忙地告别，"我会再跟你联系。"

她一声不吭地领路，走下楼梯直到主厅。他们走过厨房，开门的一瞬间她就明白大风警告果然所言非虚。就在他们看房的短短时间里，风速已经剧烈增大。噢，天哪，如果这么长时间以来，孩子们都暴露在野外环境中的话，他们恐怕会没命的。

"我们最好跑到车库去。"她说，约翰·克雷格鲍罗斯胸有成竹地点点头，挽住了她的胳膊。他们并排跑着，并不刻意待在屋檐下。在这样猛烈的大风中，根本不可能躲过雨夹雪的袭击，何况现在已经混合着真正的雪花了。

车库里，多萝西走在旅行车和自驾车的夹道中，拉开了驾驶位的门。上车的时候，她低头看了一眼，在车库的地上发现了一样明红色的物件。她再一次下了车，弯下腰，将这小玩意儿捡起来，又重重地跌坐在驾驶位上。约翰·克雷格鲍罗斯有些惊慌失措地问道："亲爱的普伦蒂斯夫人，你怎么了？"

"这就是那手套！"多萝西尖叫道，"这是米西的手套。昨天我带她出去吃冰激凌的时候她还戴着呢。她一定是把手套落在车上了。我猜这是我之前下车的时候把手套踢出来了。她总是会弄丢自己的手套，所以她的手套一直都不配套。因为这件事，我总是会取笑她。今天早上，他们在秋千上找到的手套跟这只正好是一对。”多萝西开始抽泣——她试图用手套堵住自己的嘴唇，但也只是令声音更加干涩。

约翰·克雷格鲍罗斯冷静地说道：“我能说的也不多，不过你得相信仁慈的上帝会明白你的痛楚，以及孩子父母的苦恼。他不会使你的愿望落空。不知为何，我对此很有信心。现在，请问让我来开车可以吗？”

“请便吧。”多萝西沙哑地答道。交换座位的时候，她把手套塞进了自己的衣服口袋里。她不想南希或者雷看见这个，这实在太折磨人了。噢，米西，米西！一定是昨天吃甜筒的时候，米西脱掉了手套，她应该看见这东西落在了座位上。噢，可怜的孩子们。

约翰·克雷格鲍罗斯很开心可以驾车返程。在屋里的时候，他已经不能忍受那个恶心的男人。那人不仅虚伪，还散发出一种酸臭味。可疑的是，房间里残存着婴儿爽身粉的味道，浴缸里还放着一个令人匪夷所思的儿童玩具。他一个成年人怎么会搞这样的把戏？

阁楼上，帕里什贴着窗框看着，直到车子消失在公路的转弯处，他才用颤抖的手指从衣服口袋里掏出钥匙，打开了壁橱的门。

小男孩已经清醒过来，夹着沙粒的头发垂在前额上，眼神无声地撞上了眼前的人，大大的蓝眼睛里满是惊恐。他的手脚和嘴巴依然被死死地封住。

他粗暴地将小男孩推到一边，把小女孩薅入怀中。他抱起她绵软的身体，把她放在床上——他低下头定睛一看，小女孩紧闭的双眼以及痛苦的蓝色脸庞使他暴跳如雷又心如死灰地哭号起来。

第十六章

南希的双手抓着床单，握紧又松开。伦登轻轻地用自己强壮、匀称的手掌握住她的手。焦虑和烦躁使她的呼吸声听上去粗重又刺耳。

“南希，别担心。所有人都知道你不可能伤害孩子们。你是想表达这个意思，对吗？”

“是……是……人们认为我是凶手。但我怎么可能杀害他们？我们骨血相连。他们如果死了，我也不会苟活……”

“每当有亲近的人死去，我们自身的一部分也随之湮灭了，南希。现在请跟我回忆一下出乱子之前的事。跟我说说你在俄亥俄州成长的情形。”

“我的童年？”南希的声音渐渐低下去，听起来如同耳语，她紧绷的身体也慢慢放松下来。

“没错，跟我说说你父亲，我从没见过他。”

杰德·柯芬如坐针毡地动来动去，身下的椅子和木质地板摩擦发出刺耳的嘎吱声。伦登警告式地瞅了他一眼。“我不是故意的，”他嘀咕着，“请原谅我。”

“爸爸？”南希的声音变得轻快起来，她轻笑着，“他是个有趣的人。我和妈妈常常驾车到机场去接他回家。这么多年，他每次结束航班任务都会给我们带礼物，他执行航班任务时也会带着我们环游世界各地。我的父母总是带我一同出行。我记得有一次……”

雷的视线丝毫无法从南希身上移开。他从没听过南希用这样的声音说话——生动、愉悦，言语间满是铃铛般的笑声。这就是他踏破铁鞋想要挖掘的特质？这难道不比摆脱被发现的恐惧更为可贵？但愿如此。

乔纳森·诺尔斯心无旁骛地听着南希的讲述，内心对伦登·迈尔斯的做法赞赏极了——在询问哈蒙家的孩子们走失的细节之前，先设法让南希重获自信和从容。老式落地钟摆的嘀嗒声让人心烦意乱，它不停提示着时间的流逝。他意识到自己不由自主地盯着多萝西看。他自知刚才多萝西上车的时候，自己说话的态度过于粗鲁了。但对于她刻意的欺骗，他实在是失望。毕竟多萝西在两人私下交往的时候，声称自己是看着南希长大的。

她为什么这么做呢？是因为他曾提及南希看上去眼熟吗？或者仅仅不想让他知道真相，因为担心自己不能保守秘密？还是说他不自觉地展示出了盛气凌人的派头？就像艾米莉曾经揶揄地称呼他“到您了，律师阁下”。

无论如何，他都觉得自己欠多萝西一个道歉。她看上去很不好，紧张之情溢于言表。进屋后她都没来得及脱下厚重的外套，双手胡乱地塞在衣服口袋里。他决心要第一时间跟她谈谈。她需要平静下来，眼下她明显沉浸在对孩子的担忧中。

房里的灯光闪烁着熄灭了。“不出所料。”杰德·柯芬把麦克风撑在桌子上，摸索火柴。雷飞快地点燃了壁炉两边的古董煤气灯。他们把一团明黄色光焰扔进火堆里，很快就和壁炉里熊熊燃烧的红色火苗融为一体了。玫瑰色的暖光笼罩着南希所在的沙发，将阴影驱散到房间四周的角落里。

愈发猛烈的冰雹正有节奏地击打着房屋，呼啸的狂风在松树的枝丫间咆哮。雷思量着，这样的天气下，如果孩子们留在野外……昨晚他被米西的咳嗽声惊醒，不过当他走进米西的房间时，她又睡过去了，脸颊埋在手掌心里。他弯腰给她掖好被子，她喃喃地叫着“爸爸”，又翻了翻身。他轻拍着她的后背，小女孩才又一次进入了梦乡。

至于麦克。好像就在昨天吧？他还跟麦克一起去威金斯超市买牛奶。他们到达的时候，正好跟监视所的租户帕里什先生打了照面。这人冲他们礼貌地点了点头，不过当帕里什先生上了自己的福特货车后，麦克却嫌恶地皱起眉头说：“我不喜欢这人。”

雷几乎是笑着回忆起这个小插曲。麦克是个粗犷的小男子汉，却继承了南希对于恶俗之物的敏锐直觉。确实，不管怎么看，考特尼·帕里什都是一个粗鲁、迟缓又没有魅力的人。

即便是威金斯老板也对他颇有微词。在他离开之后，杰克·威金斯讽刺地说：“那人真是我有史以来见过的最磨蹭的一个。他总是懒懒散散地在店里晃悠，好像他的时间怎么也用不完似的。”

麦克沉思地回应道：“我的时间总是不够，我正在跟爸爸一起翻新我房里的小书桌，每次我还想继续做的时候，就得准备上学了。”

“雷，你真是有个好帮手，”杰克·威金斯说，“我随时可以给他一个职位，他像是个干实事儿的人。”

麦克拿起包裹。“我也很强壮，”他说，“我搬得动好多东西，我可以抱着妹妹很久也不撒手。”

雷的手握成拳头。这不是真的，不可能。孩子们失踪了。南希身上镇静剂的药效还没过。她在说着什么？

她的声音依然热切而明媚。“爸爸过去总是称妈妈和我为他的女孩们……”她的声音有些犹豫。

“怎么了，南希？”迈尔斯博士追问道，“你爸爸把你叫作他的小女孩？这让你心烦吗？”

“不……不……不……他把我们叫作他的女孩们。这很不一样……完全不一样……不是你想的那样……”她抬高嗓音以示抗议。

伦登的声音软和下来：“没关系，南希。不要纠结这个。让我们来聊聊大学。你想离开家去上大学吗？”

“是的……我很愿意……只有一件事……我放心不下妈妈……”

“你为什么会担心她？”

“我担心她会寂寞——因为爸爸……而且我们卖掉了房子，她搬去一个公寓独居。对她来说，变故实在太多了。她还找了一份新工作。还好她乐在其中……她想让我离开……她总喜欢告诉我说今天……今天……”

“今天是你余生的第一天。”伦登镇静地接了话。是的，普里西拉之前也总对他这么说。把南希送上飞机的那天，她走进办公室跟他倾诉她在飞机开始滑翔后依然挥手告别的场景。然后她的眼眶湿润了，她略带歉意地笑笑。“我现在这样子真是滑稽，”她自嘲地说着，“活脱脱一个婆婆妈妈的老母亲。”

“我认为你做得很好。”伦登对她说。

“就是当你的生活发生剧变之后，突然之间，翻天覆地的变化，最重要的部分……消失了。但另一方面，过去那么多美妙的经历……快乐的回忆……你又不能沉湎其中，终日神伤。这也是我今天跟南希说的……我不想她担心我。我希望她可以度过无忧无虑的大学时光。我告诉她我们两个都应该把这句箴言铭记于心：'今天是你余生的第一天。'"

伦登记得当时有个病人正好走进了办公室。他还暗自庆幸，因为他的手臂就快要抑制不住地环抱住普里西拉了。

"……不过一切都还好，"南希的声音还是有些迟疑不决，畏畏缩缩，"妈妈的信总是很高兴，她很喜欢自己的工作，她经常提到迈尔斯博士……我很开心……"

"南希，你在大学里待得开心吗？"伦登问道，"你有很多好友吗？"

"起初，我喜欢和女孩子们一起玩，后来我经常出去约会。"

"那你的学业怎样？你喜欢你的专业吗？"

"噢，是的。所有科目都很简单……除了生物……"

她的语气变了，有点烦乱："那很难。我一直不喜欢科学……但学校规定的……所以我修了……"

"接着，你遇到了卡尔·哈蒙。"

"是的。他……想帮我学好生物。他让我去他的办公室，然后给我梳理课程内容。他说我约会太频繁了，必须得停下，不然会生病的。他很关心我……他还给我一些口服维生素。他说得真对……因为我太累了……累得不行……并且打不起精神……我很想念母亲……”

“但你知道圣诞节就能回家了吧。”

“是的……但这没什么用……突然之间……事情就一发不可收拾了……但我想她有预感……周末的时候她来看我……因为她很担心我……这些我都知道……然后她就被谋杀了……就因为她来见我……都是我的错……都是我的错……”她开始痛苦地哀号起来，哭叫又渐渐成了小声的呜咽。

雷从椅子上站起来，但乔纳森把他拉了回来。南希的脸因痛苦而扭曲，摇曳的烛光在她脸上投下斑驳的光影。“妈妈！”她哭叫道，“噢，妈妈……请不要死去……活过来！噢，妈妈，求求你，求求你活过来吧……我需要你……妈妈，请不要离开我……妈妈……”

多萝西转过头，努力憋着眼眶里打转的泪水。怪不得南希会反感她给米西和麦克当干外婆的提议。她赖在这儿干吗呢？根本没人注意也没人关心她是不是到场了。也许她出去冲咖啡会更好。南希一会儿也许会需要喝点咖啡。她应该把外套脱下来的。但她不能，她太冷、太孤单了。她盯着地上的钩针编织地毯，一直看到图案在眼前模糊了。抬起头，她正撞上乔纳森·诺尔斯意味深长的目光，那时她才意识到他已经盯着自己好长时间了。

“……你母亲去世的时候卡尔帮了大忙。他对你好吗？”伦登·迈尔斯为什么要在这件事上纠缠不休？让南希重拾这段记忆有什么用？多萝西站了起来。

南希的回答非常平静："噢，是的，他对我很好……无微不至。"

"后来你嫁给了他？"

"是的。他说他会照顾我。我太累了，他对我又那么好……"

"南希，你没必要因为你母亲的意外身亡而自责。这不是你的错。"

"意外？"南希疑惑地反问，"意外？但那不是意外。那根本不是意外……"

"那当然是一场意外。"伦登的声音依然平静，但他能感到自己喉咙有些发紧。

"我不知道……我不知道……"

"没关系，这个我们之后再聊。跟我说说卡尔。"

"他对我很好……"

"你一直在重复这句话，南希。他是怎么对你好的？"

"他照顾我。我病了，他为我做了很多事……"

"他为你做了什么事呢，南希？"

"我不想聊这个话题。"

"为什么，南希？"

"我不想。不愿意……"

"好吧。那咱们来说说孩子们，关于皮特和丽萨。"

"他们非常好……"

"你的意思是，他们很听话。"

"他们很乖……太乖巧了……"

"南希，你一直在说'好'这个词。卡尔对你很好，孩子们也很好。你一定过得非常开心吧。"

"开心？我好累……"

"你为什么这么累呢？"

"卡尔说我病了。他对我非常好。"

"南希，你必须告诉我们。卡尔到底是怎么对你好的？"

"他确保我的身体状况好起来。他想要我成为更好的人。他说我得成为一个听话的小女孩。"

"南希，你是哪里不舒服呢？什么让你不适呢？"

"就是太累了……一直都很累……卡尔帮了我……"

"怎么帮的？"

"我不想说。"

"但你必须说，南希。卡尔对你做了什么？"

"我好累……我现在好累……"

"没关系，南希。你休息几分钟吧，然后我们再聊点别的。好好歇着……好好歇着……"

伦登站起身。柯芬警长立刻拉住他的胳膊，往厨房的方向使了使眼色。前脚刚走出房间，柯芬警长就急不可耐地说道："这么做没用的。这会花费数小时的时间并且找不到任何有价值的线索。这女孩因为母亲的意外身亡自责，因为她的母亲是在看望她的旅途中去世的。就这么简单。听着，如果你觉得你能挖到关于哈蒙谋杀案的其他线索，放手去做。不然我就把她带回警局盘问了。"

"你不能硬来……她已经开始说了……她经历了很多即便是潜意识也不愿意面对的事情。"

警长厉声答道："现在孩子们或许尚在人间，我却在这里浪费宝贵的时间，这么做我也无颜面对自己。"

"好吧，我会问问她今天早上的事。不过，请你允许我先问问她关于哈蒙家的孩子们失踪那天的事。如果这两件事之间有任何联系，她会想起来的。"

柯芬警长看了看表："苍天，现在已经快四点了，再过半小时什么都看不清了。收音机在哪里？我要听新闻广播。"

"厨房里有一个，警长。"在屋里当值的巡逻员伯尼·米尔斯发色漆黑，刚三十出头，是个热心肠的人。这个案子，是他十二年的从警生涯中，遇见过最为轰动的一个。南希·哈蒙。南希·埃尔德雷奇竟然是南希·哈蒙！雷·埃尔德雷奇的妻子。至少表面上是这样，但人际交往可不就是知人知面不知心嘛。童年时代，伯尼曾经和埃尔德雷奇是夏季球队的队友。后来，雷去了很好的预科学校，并被达特茅斯学院录取。雷服完兵役之后选择回到科德角落地生根，这让人意外。但他确实这样做了。再后来他娶了租下这房子的女孩，她是个公认的美人。有不少人都曾说雷的妻子很面善。

伯尼还记得自己对这种言论的反应。世间相似之人何其多？他那酷似巴里·戈德华特[1]的亲叔叔就是个游手好闲的酒鬼，一直让他的婶婶过着水深火热的生活。他飞快地向窗外望了一眼。电视台的新闻记者们依然在屋外坚守，他们的工作车和电子器械也没有撤走，都在等待真相揭晓的时刻。他很好奇，要是这些人知道现在南希·埃尔德雷奇被注射了镇定剂会有什么反应。眼下,就有故事正在发生。他迫不及待地想要回家和简分享这一切。他想知道她今天过得好不好，昨天晚上他们的小宝宝刚长出乳牙，闹腾了足足一宿。

有一瞬间，伯尼突然悲观地幻想，要是家里的那个小人儿也在这样的天气走失，他会做何感想……就在荒郊野外的某处……他不敢想下去了。这实在太煎熬、太惊悚，令人万念俱灰，以至于他不得不停止想象。简的眼光一刻也无法从波比身上移开。有时候她对孩子的过度关注甚至使伯尼厌烦。可现在，她确实不该

---

1 巴里·戈德华特（Barry Morris Goldwater，1909 年 1 月 1 日—1998 年 5 月 29 日）是美国政治家，共和党人。

把目光从孩子身上移开，这令他安心，极大地抚慰了他内心的恐慌。宝宝好着呢——简会看好他的。

多萝西在厨房里往咖啡壶里倒水。伯尼不太喜欢多萝西。她给人一种，怎么说呢，高高在上的感觉。虽然她也有友好谦和的一面，可伯尼一直无缘得见。他在心中认定多萝西就是个目空一切的人。

他拧开晶体管收音机，海恩尼斯港 WCOD 电台主播丹·菲利普斯的声音立刻充满了房间。“埃尔德雷奇家的儿童失踪案有了新的转机，”菲利普斯说，他的声音因过于兴奋而出现了不够专业的停顿，“位于海恩尼斯港二十八号公路的海湾加油站有一位名叫奥托·林登的机械工。他刚刚致电，坚称今天早上九点钟他给罗伯·莱格勒的汽车油箱加了油，他所服务的对象就是七年前在哈蒙谋杀案中消失的那位目击证人。林登先生说莱格勒看上去非常焦虑，并且主动告知他要去亚当斯港拜访一个不愿与他相见的人。他驾驶着最新款的道奇·达特小型轿车。”

杰德·柯芬轻声咒骂道：“我现在竟还在浪费时间听这些胡诌。”他站起身来去够电话，在铃声响起的一瞬立刻接听了。来电人说清自己的身份后，他不耐烦地答道：“我都听见了，好啦，我命令你们在通往大陆的桥上设置路障。检查 FBI 提供的逃兵档案，找出罗伯·莱格勒最后的踪迹。发出告示寻找红色的道奇车。”他把听筒重重地放回拨号盘上，转头对伦登说：“我现在只有一个要求，请你直接问埃尔德雷奇夫人，今天早上来这儿的人是不是罗伯·莱格勒……还有他们都说了些什么。”

伦登盯着他：“你的意思是……”

“我是说，罗伯·莱格勒正是那个可以将南希·埃尔德雷奇重新卷入谋杀案的关键人物。一直以来，哈蒙案都没有结案。假如，他逃亡加拿大，在那儿待了六年多，然后花光了积蓄。哈蒙案的庭审现场不是曝光南希从父母那里继承了一大笔钱吗？大约十五万美元吧。如果罗伯·莱格勒知道这笔钱，并且通过一些渠道知道了南希的住处，实际上洛杉矶的州检察官一直在监视南希的踪迹。再假设，莱格勒对加拿大的生活厌倦无比，想要重回祖国，同时还需要一笔钱。他或许会跟南希·埃尔德雷奇讨价还价，说若是被抓住并且重新召开庭审的话，他愿意为了钱改变证词。那么她会为了余生的自由，接受他的漫天要价。他找到这里，见到南希，但生意没有谈成。她不买账……或者他改变了主意。南希心里清楚他随时随地可能被抓住或者去自首，她也会因此不得不重新回到洛杉矶的谋杀案审判庭上，所以她崩溃了……”

“然后他就杀了埃尔德雷奇家的孩子们？”伦登挖苦道，“你怎么就不考虑考虑，这个差点置南希于死地的危险人物，怎么会在两起案件中同时出现呢？”

“再给我一个机会，”伦登恳求道，“让我先问问哈蒙家孩子们失踪那天的情况。”

“你最多只有三十分钟。”

多萝西正把咖啡倒进托盘上的杯子里，并快速切了一小块南希昨天烘焙好的茶点。“但愿咖啡能使所有人好过点。”她喃喃地说。

多萝西端着托盘走进前厅。伦登在靠近沙发的位置放了一把椅子，雷正坐在那儿。他握着南希的双手，轻轻按摩着。她很平静，呼吸也非常平稳，但有其他人进入房间的时候，她还是会不由自主地颤抖，并轻轻呻吟。

乔纳森站在壁炉架旁边，盯着火光。他点燃了烟斗，优质烟草的温暖气味在整个房间中游荡。多萝西在火炉旁的松木圆形餐桌上放下托盘，贪婪地呼吸着烟草的味道。一股浓烈的怀旧之情淹没了她。从前肯尼斯也抽烟斗，而且也用这个牌子的烟草。她和肯尼斯很喜欢冬季午后的这种暴风雪天气，那时他们会把壁炉里的火烧得旺旺的，拿出美酒、芝士和书，心满意足地互相依偎。悲痛席卷而来，她明白没有人可以掌控自己的生活，大多数时候，并不存在所谓的人定胜天，只有听天由命罢了。

“你想用点咖啡和蛋糕吗？”她问乔纳森。

他沉思着看向她：“请给我来一点吧。”

她知道他喜欢加奶油和一勺糖，没有询问，她直接将调制好的咖啡递给了他。“你不把外套脱掉吗？”他问道。

“不急，我还是有点冷。”

迈尔斯博士和柯芬警长也进来了，自顾自地喝起了咖啡。多萝西另倒了一杯向雷走去："雷，你也喝点吧。"

他抬起头说："谢谢你。"伸手接咖啡的当儿，他俯身对南希低语道："一切都会好起来的，小甜心。"

南希突然剧烈地颤抖起来，她睁大了眼睛，挥舞着手臂，打翻了雷手中的咖啡。杯子掉在地上摔碎了，滚烫的液体溅在她的睡袍和毯子上，雷和多萝西也惨遭殃及。他们不由自主地后退，这时南希如困兽般歇斯底里地呼叫起来："我不是你的小甜心！别叫我小甜心！"

第十七章

考特尼·帕里什离开了床上那具一动不动的身体，重重地叹了一口气。他撕下封住米西嘴巴的胶带，解开绑在她手腕和脚腕处的绳子，混乱地扔在被子上。她那美丽、顺滑的秀发看上去乱糟糟的。他本打算洗澡的时候，给她梳头发，但现在这么做已经毫无意义了。他需要她能做出反应。

小男孩麦克依然坐在壁橱的地板上。当考特尼把他抱起，将他靠近自己健壮的胸膛时，男孩眼中充满了恐惧。

他把男孩放在床上，解开了手腕和脚踝处的束缚，将封嘴的胶带猛地扯下。男孩因疼痛叫出了声，又赶紧闭上了嘴。他的反应似乎敏捷了许多——虽然极其小心、不安，却带有些许困兽犹斗的勇气。

“你把我妹妹怎么了？”男孩挑衅的语气让考特尼意识到，在那两个扰了他好事的蠢蛋来访之前，这男孩并没有乖乖把放了镇静剂的牛奶全部喝下。

“她睡着了。”

“让我们回家。我们想回家了，我不喜欢你。我跟我爸爸说过我不喜欢你，刚刚多萝西阿姨就在这儿，你却把我们给藏起来了。”

考特尼举起右手，将手掌曲成棒球手套的形状，扇了麦克一耳光。麦克痛得猛地向后一跳，从低处滚了出去逃脱了男人的手心。考特尼伸手捞他，身体一下子失衡，笨重地摔在了床上。他的嘴碰到了米西乱糟糟的黄色头发，一瞬间有些失神。他从床上爬起来，蹲下身子去扑麦克。但麦克已经往卧室门口的方向退去，飞快地开了门，跑过与卧室相连的起居室。

考特尼在后面穷追猛赶，突然想起套间大门没有上锁，因为他之前不希望多萝西下楼的时候听到门锁解开特有的那种咔嗒声。

麦克猛地拉开门，向楼梯跑去。他的鞋子在未铺地毯的台阶上发出清脆的足音。他飞快地移动着，纤瘦的身影没入三楼的阴影中。考特尼紧追不舍，手忙脚乱之中，失去平衡摔倒在地。他滚下六层台阶，直到抓住厚重的木质栏杆才停下。他摇了摇头，恢复了意识，起身的时候右脚踝感到钻心的疼痛。他必须确保厨房的门锁着。

脚步声停止了。这男孩或许已经藏进了三楼的某间卧室，不过他有的是时间把他找出来。最紧要的问题是厨房门。窗户全都上着双锁，而且又很重，不可能被突破。前门的双锁这孩子也够不着。他只需锁上厨房的门，然后一间房一间房地搜查就好。他会叫他的名字，恐吓他。这男孩已经很害怕了，他的眼神里充满了惊惶和防备，这使他看上去和南希更像了。噢，这真是出乎意料地有趣。不过他得快点，他得保证这孩子还在房子里。

“我马上就回来了，麦克，”他大叫着，“我会抓住你，我会抓住你，麦克。你真是个坏孩子。你必须受罚，麦克。麦克，你听见我的话了吗？”

他听见右边的卧室似乎有动静，在不伤及脚踝的前提下尽可能迅速地冲了进去。但房间空空如也。万一男孩已经跑过了走廊，跑下了前楼梯呢？他突然感到惊慌失措，跌跌撞撞地跑下最后两级台阶，耳边传来窗外海浪拍碎在岩石上的声音。他跑进厨房直奔门边。他经常通过这扇门进出房子，它不仅上了双锁，而且门闩的位置也很高。他的呼吸变成了急促、粗重的喘息，他用粗笨、颤抖的手指拴好门闩，拉过一个笨重的木质椅子，牢牢抵在旋钮下方。这下男孩怎么也打不开这扇门了，捉他就如瓮中捉鳖。

狂怒的风暴几乎吞没了仅剩的一点天光。考特尼打开顶灯，灯光闪烁了一下就彻底熄灭了。他意识到暴风雨可能扯坏了一些电线，这给找到男孩增加了不少难度——楼上的所有卧室都装配了家具，而且都有大衣橱和碗橱足够这孩子容身。考特尼不悦地抿紧嘴唇掏出防风灯，放到餐桌上，点燃灯芯。透过红色的玻璃灯罩，光焰在壁炉墙、褪色的实木地板以及架着粗重房梁的天花板上投下诡异的光影。狂风猛烈地撩动着百叶窗，噪声中夹杂着考特尼的呼喊："麦克……没关系，麦克，我现在不生气了。出来吧，麦克，我带你回家找妈妈。"

第十八章

自从处心积虑撕毁了越南征兵令，登上前往加拿大的航班，六年来，罗伯·莱格勒一直在等待勒索南希·哈蒙的良机。这些年，他一直在哈利法克斯港以农夫的身份工作。这是唯一愿意录用他的岗位，可他一直觉得怀才不遇。他从来没有一刻后悔过自己当了逃兵。谁愿意跋山涉水跑到肮脏、炎热的鬼地方，被一群侏儒一样的浑蛋击毙？反正他不愿意。

找不到别的去处，他就一直在加拿大的农场工作。离开洛杉矶的时候，他身上只有六十美元。如果他回国，就会被逮捕收监。被判处逃兵罪而在监狱中度过余生可不是他的打算。他需要一大笔钱，到一个类似阿根廷那样的好地方重新生活。本来有成千上万像他这样的逃兵，可以用虚假身份证明偷偷混进美国，都怪那该死的哈蒙案，使他成了被逮捕的对象。

但凡指控不撤销，这案子就会一直处于受理状态。但那个浑蛋州检察官说他宁愿再花上二十年，也要将杀害孩子们的凶手南希·哈蒙绳之以法。罗伯是目击证人，还阐明了作案动机。

罗伯不会让场景重现的。上次的检察官对陪审团说，与其说南希·哈蒙的作案动机是杀戮的冲动，不如说她想要逃离家庭。“她很有可能坠入了爱河，”他说，“这个充满魅力的女人在十八岁的时候就嫁给了一个比自己年长许多的男人。哈蒙教授对娇妻和家庭的无私贡献跟他结婚时许下的诺言并无二致。但南希·哈蒙心满意足了吗？没有。当她的丈夫派了一个学生修理员上门，她连短短几小时的煎熬也经受不住。她做了什么？她跟在他屁股后面，殷勤地给他端茶送水，跟他说自己很高兴可以跟年轻人交谈，跟他说自己想逃离这个家庭，兴致盎然地回应他的调情。当他告诉她‘孩子就是拖油瓶’的时候，她淡定地承诺说，孩子们将会窒息而死。

“现在，陪审团的女士们先生们，我看不起罗伯·莱格勒。我相信他玩弄了这个愚蠢的年轻女人。我不相信他们的禁忌之恋只是以几个轻描淡写的吻收尾……但我相信他转述的话，一定是南希·哈蒙亲口所说。”

去他的。罗伯每次只要一想起那场演讲，胃里就翻江倒海般难受。那浑蛋为了给他扣上从犯的帽子什么话都能往外讲。但那天就是凑巧，当他在哈蒙办公室的时候，哈蒙太太刚好给丈夫打了一通电话说加热器坏了。一般来说罗伯对于这种义务劳动没什么热情，但确实没有他修不好的机器，另外他对这个怪诞老家伙的美丽娇妻也有所耳闻。

就是这个传闻诱使他主动提出去修理加热器的。一开始哈蒙拒绝了他，后来因为相熟的修理工不得空才同意了。教授说，刚刚妻子提议带着孩子们去住汽车旅馆，他不愿意。

所以罗伯就去了。所有关于南希的传闻都是真的，她的确美极了，却不自知。她对自己没有准确的定位，也不怎么自信。他大概晌午时分到那儿，她正在喂两个孩子吃饭——一男一女。两个孩子都很安静，她并不关注他，只是对他辛苦跑一趟表示了感谢，就又转过身照顾孩子了。

他明白只有跟孩子们聊天才能引起她的注意。罗伯很容易就能让孩子们喜欢他。他一直喜欢比自己年长的女性，但并不喜欢年龄差距过于悬殊的那种。才十六岁的时候，他就从成功勾引邻居太太的经验中明白，只要你对一个女人的孩子好，她就会觉得你是个好人,然后通奸的所有负罪感就都烟消云散了。好家伙，罗伯可以围绕“母性—出轨合理化”的主题写一整本书。

几分钟之后他就逗得南希和孩子们哈哈大笑，接着他又邀请小男孩来帮他修理暖气炉。果然不出他所料，小女孩也主动要求加入，然后南希也跟过来，确保孩子们不会影响他工作。其实暖气炉没什么大问题，只是滤网堵住了，但他说有个零件需要更换，他能搞来，等他带着零件回来的时候就能把这东西修好。

第一天他并没有逗留多久，让老哈蒙不高兴只会打草惊蛇。他径直回到了办公室，开门的一瞬间，哈蒙因焦虑和担忧而扭曲的脸一下子绽开了灿烂又轻快的笑容："这么快吗？你真是个天才。那你修好了没有呢？"

罗伯说："我让它恢复工作了，先生，但有个零件需要替换，我很乐意给您搞一个。但如果是找常规修理工的话，他们会借此狠狠敲诈您一笔。您只需要给我几美元就能换这个零件，我很乐意帮您。"

果然，哈蒙信了他的说辞，毕竟能省则省。第二天和第三天罗伯都去了哈蒙家。哈蒙警告说他的太太过于紧张，需要休息，不要打扰她。但罗伯并不认为她感到紧张，她只是有些怯生生的。他跟她攀谈起来，她告诉他自从母亲死后她饱受精神崩溃之苦。"那时候我一定非常抑郁，"她说，"但我确信自己在慢慢好起来，我已经停了大部分药，但我丈夫还不知道这件事，他可能会因此生气，但我觉得不吃药反而好些。"

罗伯称赞她的美貌，尝试着挑逗她。他一度以为她应该是个非常容易被诱拐的猎物。很明显她对老哈蒙感到厌烦，而且从他那里也得不到满足。罗伯劝她多出去走走，但她总说："我丈夫不信任外人的陪伴，一旦夜幕降临，他就谁也不想见，白天跟学生们待在一块儿已经够他受的了。”

就在那时他知道自己有机会得手了。

哈蒙家孩子失踪的那天早上罗伯有无懈可击的不在场证明。他正出席一节只有六个学生到场的课程。但州检察官说，一旦被他抓住把柄，他会不遗余力地指控罗伯为从犯。罗伯请了一个辩护律师，但他还是非常害怕，担心州检察官在背景调查之后，发现当时他是库珀斯敦镇一桩生父确认诉讼案的被告人。律师告诉他，一定要端出一副著名教授得意门生的派头；当时不过古道热肠地想要帮忙；他确实刻意跟师母保持了距离，但她一直跟在他身后，以及他之前一直以为她说要让孩子们窒息而死不过是个玩笑话。事实上，他也确实如教授所嘱咐的那样，认为她神经紧张而且身体抱恙。

但在证人席上，事情失控了。“你是否曾对这名年轻女子动心？”州检察官轻描淡写地问道。

罗伯看着和律师并肩站在被告席上的南希，她正用空洞无神的眼光盯着他。“我从没那样想过，先生，”他答道，“对我来说，哈蒙太太是我崇敬的老师的妻子。我只不过是自告奋勇去维修暖气炉的，那之后我就回家了。我还有论文没写完，而一个拖着两个孩子的病女人并不能撩拨我的欲望。”这套精心准备的说辞，在最后一句话中被州检察官抓住了破绽。当对方发表完演说之后，罗伯已经汗如雨下了。

的确，他听闻教授的妻子是个美人……不，他并不是个乐于助人的人……的确，他很好奇她本人长什么样子……的确，他真的对她调情……

“但一切到此为止了！”罗伯几乎在证人席上喊了出来，“校园里有两千个女学生，我并不想给自己惹麻烦。”接着他承认自己告诉南希，对方引起了他的性欲，他很想粗暴地占有她。

州检察官轻蔑地看着他，接着在证据中加入了罗伯被一个暴怒的丈夫痛扁的记录——也就是发生在库珀斯敦镇的那桩，使他的名字被登记在生父确认诉讼案名录上的风流韵事。

州检察官说道：“这个风流浪子并不乐于助人。他去那房子是为了诱捕早有耳闻的美丽猎物。他与她调情。情况顺利得出乎他的意料。陪审团的女士们先生们，我并非指控罗伯·莱格勒参与到南希·哈蒙谋杀孩子的计划中。至少，从法律层面看他确实清白。皇天在上，但我相信在道德上他是有罪的。他让这个轻信且忘恩负义的年轻女人知道，一旦她恢复自由身，他将会——借用他自己的原话——‘粗暴地占有她’，为了自由，她做出泯灭人性的选择，她为了摆脱自己的两个孩子，亲手杀了他们。”

在南希被判处在毒气室处以死刑的时候，哈蒙教授自杀了。他开车驶到其中一个孩子被发现的海滩，把车扔在那儿，在车轮上钉了一张便笺。上面写道，一切都是他的错。他应该意识到自己的妻子早已病入膏肓，他应该让孩子们离她远远的，他应该为孩子的死以及南希的罪行负责。“苍天哪，我尽力了，”他写道，“我是那么爱她，以至于我认为自己可以治愈她。我以为孕育子女可以将她的注意力从母亲惨死的悲痛中转移开。我以为爱和关怀可以治愈她，但我错了，我真是不自量力。请原谅我，南希。”

当判决被推翻的时候，一声支持的喝彩也没有。因为有两位女陪审员在庭审休息的间隙，被人听见在一个酒吧里聊案情，她们斩钉截铁地认为南希罪无可恕。恰在这时，另一个新的庭审案件，指控罗伯作为一个业已毕业、被征入伍且派往越南的士兵，躲避职责跑掉了。没了他，州检察官束手无策，只能放南希走，但暗暗发誓重新抓到罗伯之后，会再次去找她麻烦的。

在加拿大的几年中，罗伯常常回想当日的庭审现场。这整起计谋中有几处疑点令他耿耿于怀。撇开自己不论，他并不相信南希是杀人凶手。她在法庭上就像一只胶土捏的鸽子。哈蒙一点忙也没帮上，应该站起来说明南希是个多么好的母亲时，他却在证人席上泣不成声。

在加拿大，罗伯是逃兵群中的明星，他常讲起这桩案子。逃兵们会问起南希，罗伯会告诉他们她长得有多美——暗示他占了大便宜。他向逃兵们展示庭审现场的媒体剪报和南希的照片。

他告诉逃兵们，南希很富有——他在庭审上得知，她的父母留给她超过十五万美元的遗产。如果能找到她，他会敲诈一大笔钱然后远走高飞到阿根廷。

不久他就交好运了。有个知道他与哈蒙案渊源的伙伴——吉米·埃利斯，溜回国去探望癌症末期的母亲。老太太本来住在波士顿，但由于联邦调查局想抓住吉米而监控了房子，她决定在科德角的一所小别墅见他，这房子是她从茅肖普航道上租来的。吉米一回到加拿大，便立刻通风报信。吉米问他，如果告诉他在哪里可以找到南希·哈蒙，他愿意支付多少酬劳。

罗伯起初有些怀疑，直到他看见吉米偷拍的南希在沙滩上的快照，才确认是同一个人。吉米也做了一些调查，摸透了南希的背景。他发现南希的丈夫非常富有,很快两人便商量出了对策。罗伯去见南希，跟她说只需要给自己五万美元，他就乖乖跑到阿根廷，而南希再不用担心他会作为污点证人出庭指控她。罗伯推断南希肯定会就范，尤其她现在又结了婚，还生了孩子。这价格对她来说很公道，毕竟这之后她就再也不用终日担忧被遣返加利福尼亚接受庭审。

吉米想要百分之二十的提成。当罗伯去见南希的时候，吉米会为他准备伪造的加拿大护照、身份证明以及预订前往阿根廷的机票。只要出价够高，这些东西都能买到。

俩人步步为营地谋划着。罗伯成功地从一个在加拿大留学的美籍学生那儿租到一辆车，他为这趟旅途刮了胡子，剪了头发。吉米警告他，一旦他看上去有一丁点儿疑似嬉皮士，新英格兰小镇上暴躁的警官们就会启用雷达追踪他。

罗伯决定从哈利法克斯港驾车直奔目的地，他在美国境内待的时间越短，被抓住的可能性就越小。他预计自己到达科德角的时间应该是清晨。吉米知道南希的丈夫通常在早上九点三十分开门营业，他建议罗伯在十点左右抵达南希的住处。吉米还为他绘制了一张街景图，包括掩映在树林中的行车道，他可以把车藏在那儿。

罗伯到达科德角的时候车子没油了，所以他不得不下车到海恩斯港加油。吉米说过即便是淡季这里也有很多游客，没人会注意他的。一路上他都非常焦虑，思忖着究竟要不要趁南希和她丈夫同时在场时抛出自己的提议。他相信能很容易从南希手中搞到一笔钱，但如果她丈夫报警该如何是好？罗伯会因为叛逃兵役和敲诈勒索而被定罪。不行，还是直接跟南希沟通好了，她一定还对坐在被告席的经历记忆犹新。

加油站的服务员很勤快，不仅把整辆车都检查了一遍，车窗也擦得锃亮，还主动给轮胎打气。这让罗伯放松了警惕——付账的时候，服务员问他是否为钓鱼而来，他却吹嘘说自己是来“狩猎”的。他要去亚当斯港见一个前女友，不过对方恐怕并不愿意见他。由于发现自己多嘴多舌，他慌忙驶离，停在一家小餐馆处吃了点早餐。

还差一刻钟到十点的时候，他驶进了亚当斯港。一边研究着吉米画给他的地图，一边靠着对方位的直觉在附近慢悠悠地打转。即便如此，他还是险些错过了通往南希住处的那条泥泞的林中小路——若不是因为减速避让一辆从那个方向驶来的旧福特货车，他还真找不到地方。倒车熄火，把车停在林中车道上，他向南希家的后门走去。正瞧见南希疯了似的从屋子里跑出来，大声呼喊着已故孩子的名字——皮特和丽萨。他一直尾随她穿过树林来到湖边，看着她纵身跃入湖中。他正准备下水捞她的时候，她自己挣扎着上岸了，晕倒在沙滩上。他知道南希看着自己所在的方向，他不确定自己是否被看见了，但很清楚得赶快离开这儿。他不知道究竟发生了什么，但不愿蹚这浑水。

回到车里，他冷静下来。南希也许是喝醉了。如果已故的孩子们依然能使她尖叫呐喊，只要能让她不再因庭审而饱受折磨，那么她很有可能会同意这笔交易。他决定在亚当斯港找个汽车旅馆住下来，第二天再找机会去见南希。

到达汽车旅馆后，他径直上床昏睡过去。直到黄昏时分才醒来，他打开电视收看新闻，却正巧看见自己的照片出现在电视屏幕上，画外音称他为哈蒙谋杀案中消失的目击证人。罗伯木然地听着播音员对埃尔德雷奇幼童失踪案的概述，有生之年第一次感到在劫难逃——眼下，他刮了胡子，也剪短了头发，看起来正和照片中的人一模一样。

如果南希·埃尔德雷奇确实谋害了自己的孩子，谁会相信他与这件事毫无干系呢？事情一定是在他到那儿之前发生的。罗伯想起了自己驶进林间车道之前，那辆从泥路上倒驶出来的旧福特货车。马萨诸塞州的车牌，车牌号的前两位分别是八和六……司机是个体格魁梧的男人。

即便落网他也会对这件事守口如瓶，他不能承认今天早上曾到过埃尔德雷奇家附近。就算吐露真相，又有谁会相信他呢？罗伯·莱格勒自保的本能驱使他离开科德角，以及他不能再上那辆被警方通缉的红色道奇车了。

他打包好行李，从汽车旅馆的后门溜出去。一辆大众甲壳虫正好停在道奇车旁边的车位上。他透过窗子看见是一对夫妇把车留在那儿的，他们登记入住的时候，他恰好打开电视新闻。若估计得没错，他们在几小时内都不会发现车子失窃——没人会在这种鬼天气顶着狂风和冰雹外出。

罗伯掀开大众车的引擎盖，连接了好几根电线，开车驶离了汽车旅馆。他准备途经 6A 大道上桥。但愿一个半小时之后，他能离开科德角。

六分钟后，他碰上一个红灯，三十秒后，他从后视镜中看见一个闪烁的红色警示灯——有一辆警车跟着他。有那么一瞬间，他几乎想要自首，但独善其身的冲动征服了他。靠近转角处的时候，罗伯偷偷打开了车门，将行李箱牢牢抵住加速器，从车里跳了下来，消失在宏伟的殖民地时期建筑群后的丛林中。此时，已经拉响警报的警车还在追逐着在下坡路段疾驰的大众汽车。

第十九章

麦克跑下楼梯的时候，他本以为会被帕里什先生抓住的。但紧接着他听到了帕里什先生摔倒在楼梯上的闷响。麦克明白如果要逃出帕里什先生的手心，自己得毫无动静才行。他还记得之前妈妈撤掉楼梯地毯的时候，跟他说过：“从现在起，直到新楼梯修好前，你们一起来玩个游戏吧，这游戏的名字叫作优雅碎步走。”麦克和米西创造了一套紧靠楼梯扶手踮脚下楼的游戏规则，他们对其中的技巧得心应手，还常常会互相吓唬对方。眼下麦克就按这套技巧悄无声息地溜到了一楼。他听见帕里什先生在叫他的名字，警告说会抓住他。

他明白自己得逃出这所房子，他必须跑过这条羊肠小道，到通往威金斯超市的大路上去。他还没想好，是否要进入威金斯超市，还是直接穿过 6A 公路走到回家的路上。他必须得找到爸爸，带他来这儿救出米西。

昨天在威金斯超市的时候，他还跟爸爸说自己不喜欢帕里什先生，现在他更怕他了。麦克跑过黑魆魆的屋子时，极度的恐惧几乎令他窒息。帕里什先生是个坏人，所以才会把他们绑起来藏在衣橱里，这也导致米西因过度恐惧而昏睡不醒。在衣橱里的时候，麦克感觉到米西的惊慌失措，他本想安抚她，但他的手无力挣脱捆绑。他能听到衣橱外传来多萝西阿姨的声音，但她没有问起两个孩子。仅仅一门之隔，她却没有猜到孩子们就在里面，多萝西阿姨辜负了他们的期望，麦克对此非常生气。她本应该猜到的。

天色将晚，能见度变得极低。下楼之后，麦克迷茫地四下张望，接着飞快地往房子后面跑去。此时麦克就在厨房里，通往外部的大门就在眼前，他冲过去摸索门闩。就在他快要打开门锁的时候，身后传来越来越近的脚步声，是帕里什先生。他的膝盖颤抖着，一旦门锁卡住，他会被当场抓住的。麦克悄无声息地从厨房的另一扇门飞速溜了出去，穿过狭窄的门厅来到小小的后客厅。他听到帕里什先生锁住了厨房门，还拖了一把椅子抵在门上。厨房里的灯忽然亮了，麦克瑟缩在厚重蓬松的沙发后面，身子正好能塞进沙发和墙壁之间的空隙，他一声不吭地蹲在那儿。沙发上的灰尘让他的鼻子发痒，他很想打喷嚏。这时厨房和玄关处的灯突然熄灭了，整幢房子陷入伸手不见五指的黑暗中，他听见帕里什先生在屋里走动，划燃了一根火柴。

片刻之后，厨房里亮起了红色的微光，他听见帕里什先生说："没关系，麦克，我现在不生气了。出来吧，麦克，我带你回家找妈妈。"

第二十章

约翰·克雷格鲍罗斯本想离开多萝西之后径直驾车返回纽约，但他头痛欲裂，再加上一股说不清道不明的沮丧萦绕脑海，他感到这五个小时的车程突然变得难以忍受。一方面糟糕的天气确实影响了他的心情；另一方面，多萝西的煎熬难耐和悲痛情绪也传染了他。多萝西向他展示过放在钱包里的照片，一想到这么漂亮的孩子可能遭逢不测，他的胃里就一阵猛似一阵地难受。

他沉思着，自己为什么会有这样莫名其妙的想法？虽然希望比较渺茫，但孩子们或许只是走失罢了。什么人会忍心伤害孩子呢？约翰想起自己年满二十八岁的一对双胞胎儿子——一个是空军飞行员，另一个是建筑师。两个都是很有教养的年轻人，也是他这个当父亲的最自豪所在。哪怕在他和妻子逝世很久之后，孩子们也会作为他们生命的延续，依然活在这世上。可假如当他们还是婴儿时就走失的话……

他正沿着6A公路驶向大陆。在道路右前方离主干道稍远处有家诱人的餐厅，霓虹装饰的招牌上写着“舞台之路”，在阴沉的午后光景衬托下仿佛是抚慰人心的灯塔。约翰本能地下了主路，驶进停车场，这才意识到现在快下午三点了，一整天他才喝了一杯咖啡，吃了一片吐司而已。由于坏天气的影响，从纽约来这里的一路上都车行缓慢，所以他来不及吃午餐。

他想着，在漫长的旅途之前先饱餐一顿非常合情合理。另外，跟投资目标区域附近的商户聊聊也很符合他作为一个商人的思维方式。说不定他还能挖到一些关于这场生意的有用信息。

下意识地欣赏着餐厅里乡村风情的内部装潢后，他径直走向了吧台。一个客人都没有，不过现在还不到五点，在这样的一个小镇里也算正常。他点了一杯加冰的芝华士，一边接过酒保递来的酒，一边问是否有吃的。

“没问题。”酒保四十岁左右，深色头发，脸上的络腮胡十分抢眼。约翰喜欢他热络的回答方式，也很欣赏他将吧台打理得井井有条。酒保递上菜单说：“如果你想吃牛排，牛里脊特餐很不错，一般来讲下午两点半到五点之间，厨房不开火，但如果你想在这儿用餐的话……”

“听上去棒极了。”约翰飞快地点了一份五成熟牛排和一份蔬菜沙拉。芝华士让他的身体暖和起来，之前的抑郁情绪开始消散了。“你调酒的技术真好。”他说。

酒保笑着答道：“要以合适的比例混合冰块与苏格兰威士忌确实讲点天分。”

“我是个生意人，你明白我的意思。”约翰决定开门见山，“我在考虑买下被当地人称为监视所的房子，将它改造成一间饭店，现在你脑海中冒出来的第一个想法是什么？”

这男人重重点了点头：“可行的，我觉得你可以打造一间真正入流的餐厅。我们的经营状况也不错，但我们只能招待中产顾客——有小孩的家庭、依靠抚恤金度日的老太太，还有冲着沙滩及古董店来的游客们。但监视所那样一个海景宝地，氛围宜人、好酒佳酿、美味佳肴……你可以吸引最富有的客人，并且让那地方整日门庭若市。”

“英雄所见略同。”

“对了，如果我来经营的话，我还会赶走阁楼上那个形迹可疑的怪人。”

“我也在考虑怎么处置他，他似乎有点古怪。”

“嗯，大概每年这时候他都会在这儿待一阵，可能是为了钓鱼吧。雷·埃尔德雷奇有次不经意提到这件事我才知道的。雷·埃尔德雷奇可是个好人。这次走失的孩子就是他家的。”

“这件事我也有所耳闻。”

“妈的，多好的孩子。雷和埃尔德雷奇太太偶尔会带孩子们来我这儿。雷的妻子真是个美人。其实我不是本地人，十年前，在第三次晚归途中被抢劫之后，我放弃了在纽约的酒保工作。我又很喜欢钓鱼，索性在这里安顿下来。就在几周前的一天，那个大个子男人来我这儿买酒喝。我在附近见过他，知道他是谁，他就是监视所的租户。嗯，来者都是客，让他发发牢骚也好，于是我跟他搭讪，我问他去年九月布鲁斯酒吧还营业的时候，他是不是也在这儿。你知道那个蠢货说了什么吗？”

约翰等他自问自答。

“什么也没说。一言不发。无言以对。他根本不懂我在说什么。”酒保双手扶髋说道，“你能想象一个连续七年来科德角钓鱼的人却听不懂我的问题吗？”

牛排送来了。约翰心满意足地吃起来。这一餐很美味，精选的牛肉配上温热的酒水，让他彻底松弛下来，开始思考关于监视所的事情。

酒保说的一席话让他坚定了收购这处房产的决心。

看房时他很开心，只有在顶楼时感到不适。这就是问题的关键，他很不喜欢顶层公寓的租户——帕里什先生。

约翰心事重重地吃完牛排，心不在焉地结了账，慷慨地给了酒保一大笔小费。他竖起衣领，走出餐厅向车子走去。现在他可以心无挂碍地右转上道，向大陆飞驰了吗？但他犹豫不决地在车子里坐了好几分钟。哪里不对劲呢？他怎么跟傻了似的。为什么他的内心深处涌起一股强烈的冲动想要回监视所呢？

考特尼·帕里什很紧张。在生意场上多年的摸爬滚打使约翰很会识人，紧张焦虑的情绪更难逃他的法眼。那个人明显在担心什么，心急如焚地希望他们快点离开。为什么呢？他浑身是汗，身上有很浓重的酸臭味，那是心虚的味道，但他在害怕什么呢？还有那个望远镜。约翰弯腰观测的时候，帕里什飞快地更改了镜头对准的方向。约翰记得当他将镜头还原到接近初始位置的时候，他瞥见了被警车环绕的埃尔德雷奇家。这望远镜的观测能力真令人叹为观止。假如说镜头对准的是镇子上某户人家的窗户，那任何一个使用这望远镜的人都是个偷窥者……变态窥淫狂。

有没有可能孩子们从自家后院消失的时候，考特尼·帕里什正好通过望远镜目击了一切呢？他看到了什么？但如果真有线索，他应该联系警方才是。

车里太冷了。约翰扭开了启动钥匙，想等马达加热会儿再打开空调。他掏出一根雪茄，用小巧的金色登喜路牌打火机点燃了它。这打火机是结婚纪念日时妻子送的礼物，虽然浮夸，却备受珍视。点燃的雪茄冒出了红色的光焰，他开始吞吐起来。

他真是个傻瓜。一个多疑的傻瓜。正常人会怎么做？给警察打电话报告说有个人看起来很焦虑，应该对他展开调查吗？如果他们这样做了，考特尼·帕里什应该会说："我接到看房通知的时候正准备洗澡，准备时间太仓促了。"非常合情合理。独居的人都很注重保持一些生活习惯。

独居。就是这个词。这正是让约翰耿耿于怀的地方。他发现整幢公寓再无访客的时候非常震惊，因为有些细节让他确信考特尼·帕里什的家里还有别人。

浴缸里的儿童玩具。就是这个。那令人匪夷所思的橡胶鸭。还有空气里令人腻烦的婴儿爽身粉的气味……

一个荒诞到无法明言的猜测浮现在约翰·克雷格鲍罗斯的脑海中。

他知道下一步应该怎么做了。

他把金色的打火机从口袋里掏出来藏进汽车的储物箱里。

他要突袭监视所。等考特尼·帕里什应门的时候，他可以声称在看房时弄丢了珍贵的打火机，一定就落在房子某处，他希望可以进屋寻找。他可以趁机仔细查看整幢房子，要么打消他荒诞的疑虑，要么收集到更多线索跟警察探讨。

下定决心之后，约翰猛踩油门，掉转车头往左上了6A公路，向亚当斯港的中心、那条蜿蜒崎岖小路的终点——监视所飞驰而去。他顶着猛烈的冰雹返程，一路上那只褪色掉漆的橡胶小鸭子一直浮现在他的眼前，挥之不去。

第二十一章

她不想回忆过去，那些日子满是伤痛。还小的时候，有一次伸手碰到了炉上热锅的手柄，她记得自己被滚烫鲜红的番茄汤汁浇了一身。她因此在医院里待了好几周，直到现在胸前都还有淡淡的疤痕。

……卡尔很喜欢问她关于这伤疤的事……轻抚着它们……“可怜的姑娘，可怜的姑娘……”他喜欢一遍遍地让她讲述这个事故。“很疼吗？”他发问道。

回忆里都是这样的事……痛苦……只有痛苦……不要想起来……忘掉吧……忘掉吧……不想回忆过去……

但这个问题，执着地在耳畔想起，远远的……问起关于卡尔的事……关于母亲……丽萨……皮特……她听见自己的声音。她在说话，在回答。

“不，求求你们了，我不想聊这些。”

“但你必须回答，你得帮助我们。”那声音很坚持。为什么？为什么？

“南希，你害怕卡尔吗？”

为了让发问的人住嘴，她不得不回答这个问题。

她听见自己的声音从远处传来，试着作答……就好像看见自己出现在一幕戏剧中……意识逐渐变得清晰。

母亲……那场晚餐……她最后一次见到母亲……母亲满面愁容地看着她和卡尔。“南希，这条裙子你是从哪里买来的呢？”她看得出母亲并不喜欢她的打扮。

那是一条白色的羊毛连衣裙。“卡尔帮我选的，你喜欢吗？”

“这是不是有点过于……青春活泼了？”

母亲离席打了个电话。是跟迈尔斯博士通话吗？南希希望如此。她想让母亲快乐……也许她应该和母亲一起回家……也许她能不再这样疲惫。她把这话告诉卡尔了吗？

卡尔离开了餐桌。“抱歉，亲爱的。”……母亲在卡尔归位之前回来了……

“南希，明天我们俩必须谈谈……就我们两个人。我会来接你一起共进早餐。”

卡尔回来了……

然后母亲……吻了她的脸颊……“晚上好，亲爱的。明早八点见。”母亲上了租来的轿车，向她挥手告别，驶下了那条小路……

卡尔载她回了学校：“亲爱的，我担心你母亲并不喜欢我。”

电话响了……“有一场交通事故……转向装置出了问题……”

卡尔……“我会照顾你的，我的小甜心……”

接着举行了葬礼……

然后是婚礼。新娘应该穿白色。她要穿那条白色的羊毛连衣裙，穿这身去市长办公室正好。

但她不能这么穿……肩膀上沾了油污……“卡尔，我在哪里让裙子蹭到油污的？我只是穿着它和母亲一起吃晚餐而已。”

“我会帮你弄干净的。”他那熟悉的双手，轻拍着她的肩膀。

“不……不……”

提问的声音又出现了：“南希，你想表达什么？”

“我不知道……我不确定……我很害怕……”

“害怕卡尔？”

“不是……他对我很好……我太累了……总是疲惫……喝掉你的药……你需要这个……孩子们……皮特和丽萨……暂时安然无恙……卡尔很好……求求你，卡尔，把门关上……求求你卡尔，我不喜欢这样……别这样碰我……让我一个人待着……”

“南希，为什么不让他碰你呢？”

“不，我不想说这个……”

“卡尔对孩子们好吗？”

“他让孩子们听话……他想要他们乖一点……皮特很怕他……丽萨……‘那么，我的小姑娘生了另一个小姑娘’……”

“这是卡尔的话吗？”

“是的。他再也不碰我了……我很开心……但晚餐之后不能吃药……我太累了……有些不对劲……我得离开……孩子们……也得离开……”

“离开卡尔？”

“我没有生病……卡尔才是有病的……”

“南希，他哪里不舒服呢？”

“我不知道。”

“南希，跟我们说说丽萨和皮特消失的那天吧。你还记得什么呢？”

“卡尔很生气。”

“他为什么生气呢？”

“因为吃药的事……前一晚……他撞见我把药倒掉……他又加大了剂量……让我把药喝光……太累了……困得不行……丽萨一直在哭喊……卡尔跟她待在一起……我得起来……去丽

萨身边……她哭得太厉害了……卡尔在抽她屁股……斥责她尿床……我一定要带她走……那天早上……是我生日……我告诉卡尔……”

“告诉他什么？”

“他知道……他察觉到……”

“知道什么，南希？”

“我想离开……带着孩子们一起……必须得离开……”

“南希，你那时爱卡尔吗？”

“我应该爱他。他跟我说‘生日快乐’……丽萨一声不吭。我答应过要一起做生日蛋糕……她、皮特和我……我们要一起出门，买蜡烛和巧克力……天气不好……下雨……丽萨也许生病了……”

“那天卡尔去学校了吗？”

“去了……他打电话来……我说我们要去购物中心……然后我要去医生那里，让他看看丽萨……我很担心。我会在十一点到达商场……让孩子们先看完电视……”

“告诉卡尔你担心丽萨的时候，他怎么回应的？”

“他说天气太糟了……如果丽萨感冒的话……不想让她外出……我说购物的时候，我会让孩子们待在车里……他们很期待给我过生日。他们从没开心地玩过……我不应该让卡尔这么严格……都是我的错……我要跟医生聊聊……必须得问医生……

关于丽萨……关于我自己……为什么我一直这么疲倦？……为什么我要吃那么多药？……罗伯让孩子们笑得很开心……在他身边，孩子们不一样了……孩子们就应该开怀大笑……”

“南希，你爱罗伯吗？”

“不……我被困住了……我想离开……想要跟外界交谈……后来罗伯转述了我告诉他的话……但原话并非如此……并非……”她拔高了音量。

伦登的声音听上去温柔极了：“那十一点的时候你带孩子们去商场了吗？”

“去了。外面在下雨……孩子们留在车里……他们答应乖乖待着……真是听话的孩子……我把他们留在车后座上……然后再也找不到了……再也找不到了……找不到了……”

“南希，当时停车场里还有别的车吗？”

“没有……店里一个熟人也没有。那天风好大……很冷……没什么人……”

“你在店里待了多久？”

“没多久……十分钟吧……找不到生日蜡烛……就十分钟……我回到车里……孩子们已经不见了。”她满腹狐疑地答道。

“当时你做了什么，南希？”

“我不知所措……也许他们是去给我买礼物了……他们那么乖巧……也许是因为这个才离开的……也许他们就在另一家

店里……折扣商店……顺路逛逛糖果店……再顺路逛逛礼品店……五金店……我一直往车后看……寻找孩子们的踪影……”

“你有没有向任何人询问过孩子们的下落？”

“没有……不能让卡尔知道。他会生气的……我不想孩子们受罚……”

“所以你查遍了购物中心的每一家店铺？”

“也许他们也在找我……迷路了……我还把停车场翻了个遍……也许他们是找不到车子……我开始叫他们的名字……我害怕极了……有人说帮我报警，还提到我丈夫……我说：‘求求你，别告诉我丈夫。’……有个女人在法庭上转述了我的话……我只不过不想卡尔生气……”

“这些话你为何不在庭审中说明呢？”

“不可以……律师嘱咐我，不要说卡尔很生气……不要说你们曾在通话中争吵……丽萨也没有尿床……床是干的……”

“什么意思？”

“床是干的……卡尔为什么伤害她？为什么？算了……不重要……孩子们不见了……麦克……米西也不见了……找到他们……一定要找到他们……”

“跟我们说说今天早上寻找麦克和米西的事吧。”

“我一定要去湖边看看……也许他们去了湖边……也许他们掉进水里了……我要赶快，赶快……水下有东西……”

“南希，水下有什么呢？”

“红色，红色的东西……也许是米西的手套……我要把它捞起来……水太冷了……我够不着……那不是手套……水里好冷，好冷……”

“你又做了什么呢？”

“孩子们没在水里……我得上岸……得从水里离开……太冷了……湖岸……我躺在岸上……他在那儿……躲在树林里……正看着我……我看见他就在那儿……注视着我……”

杰德·柯芬站起来。雷抽搐着跳起来。伦登做出一个制止的手势，继续问：“南希，谁在那儿？告诉我们谁在那儿？”

“一个男人……我认识他……他是……他是罗伯·莱格勒……罗伯·莱格勒在这里……他躲起来……看着我。”她的声调升高又降低，瞳孔瞬间睁大，又缓慢合拢。雷铁青着脸。多萝西猛地倒吸了一口冷气。如此说来，这两个案子竟然是有联系的。

“阿米妥钠的药效快过去了，她很快会苏醒过来。”伦登站起来，因膝盖和大腿发麻而露出难受的神情。

“博士，我能邀请您和乔纳森到外厅聊聊吗？”杰德态度含糊地说道。

“雷，待在她身边，”伦登嘱咐说，“她随时可能会醒过来。”

饭厅里，杰德面对着伦登和乔纳森说：“博士，这询问还要持续多久？”杰德不解地问。

“我认为可以到此为止了，不要再继续盘问南希了。”

“但我们没获得什么有效信息呀，除了知道南希害怕自己的第一任丈夫——明显不怎么爱他，以及今早罗伯·莱格勒可能在湖边出现过，仅此而已？”

伦登瞪大了眼睛：“我的老天爷，你刚刚没听南希的话吗？你对自己听见的东西毫无概念吗？”

“反正我没得到任何有助于找到埃尔德雷奇家孩子的信息。我听见南希·埃尔德雷奇因为母亲的死自责，母亲因探望在校读书的孩子不幸去世，她有这反应很正常。不过她对第一任丈夫的态度却很神经质。她试图把自己背叛婚姻的责任推给她的丈夫。”

“你对卡尔·哈蒙的印象如何？”伦登冷静地发问。

“不就是一个娶了年轻妻子，处处想占据上风的控制狂吗？见鬼，科德角有一半的男人都跟他一样啊。我知道好多这样的案例，男人们除了生活费以外，一分钱也不让妻子碰，有个男人不让妻子驾驶家庭轿车，另一个男人从不让他的妻子在夜里单独外出。这种事在全世界范围内都司空见惯。也许这就是那些女性解放群体整天抱怨不休的原因吧。”

“警官，您对恋童癖有了解吗？”伦登沉着地问道。

乔纳森点点头附和道：“我也怀疑这个。”

伦登没有给杰德答话的时间：“通俗点说，就是对还未到青春期的幼童产生性冲动甚至进行性行为的性心理变态。”

“这跟本案有什么关系？”

“并不是毫无关联。南希结婚的时候已经十八岁了，但她的外表还非常孩子气。警官，你有没有什么办法可以对卡尔·哈蒙展开背景调查？”

杰德·柯芬露出不可置信的神情。他因强压怒火，答话的声音有些微微颤抖。他指着窗外那敲击着窗户并发出一声又一声尖利噪声的冰雹说：“博士，你瞧不见也听不见这鬼天气吗？这两个孩子要么还顶着严寒在外面某处晃荡，天知道他们可能会碰上什么怪人，要么他们已经遇害身亡。我的职责是找到他们，立刻就要找到他们。眼下我们已经有了一条很清晰的线索——南希·埃尔德雷奇和加油站的一个服务员都目击那个叫罗伯·莱格勒的无赖出现在这附近。对于这种有效信息我可以马上行动。”他语带轻蔑地从牙缝里挤出话来：“可这个紧要关头，你竟然要求我为了验证某个荒谬的理论去查一个已故男人的档案。”

电话铃响起来。站在房间角落里不起眼的值班警察伯尼·米尔斯匆忙赶去接听。现在他们已经在谈论要调查南希第一任丈夫的事情了。等他把最新进展告诉简再说。他快速拿起听筒，电话是从警局打来的。“让警长接电话。”当值的普洛尔警长掷地有声地说。

伦登和乔纳森眼瞧着柯芬警长接过电话，不一会儿便快速、简短地发问：“多久之前？在哪儿？”

二人一言不发，面面相觑。伦登意识到自己正在祈祷，含糊而热切地祈祷着这通电话没有带来关于孩子们的坏消息。

杰德把听筒重重撂回支架上，转身对他们说：“今天早上十点半左右罗伯·莱格勒登记入住了亚当斯港本地的一家汽车旅馆。警方认为他盗用了一辆车，这车在6A公路上撞毁了，但没抓到他。他很可能打算驶回大陆。警方准备对他展开地毯式搜索，而我要亲临现场部署搜捕工作。我会把米尔斯警官留在这儿。我们会逮捕在逃的莱格勒，相信抓住他之后，孩子们经历的一切就能揭晓了。”

大门在警长身后关上了，乔纳森对伦登发问道：“目前为止你怎么看这件事？”

伦登沉思良久，没有发话。我离真相只有一步之遥，他想。当晚我收到普里西拉的电话留言。卡尔·哈蒙在她之后也离开了饭桌。他去哪里了呢？他有偷听到普里西拉对我说的话吗？南希说她裙子上沾了油污。她是否也在暗示自己的怀疑，是卡尔的手曾经被油污弄脏了，然后当他把手放在南希肩膀上时，把南希的裙子弄脏了呢？她是不是在暗示卡尔·哈蒙对普里西拉的车子动了手脚呢？一个谋杀的猜想在伦登心中渐渐成形。但对于身在九泉之下的卡尔·哈蒙来说，即便可以证明他有嫌疑又有什么用呢？

乔纳森说：“如果你跟我想的一样，回溯哈蒙孩子们如何失踪恐怕毫无助益。你在怀疑他们的父亲。”

“是的。”伦登答道。

“因为他死了，我们只能去找罗伯·莱格勒，就是那个被卡尔·哈蒙派到家里的男人，也是指认南希有罪的证人。在阿米妥钠的药效下，南希今早描述的回忆可信度有多高？”

伦登摇了摇头说：“我也不确定，有研究表明即使在镇静状态下，有些病人依然可以抗拒或抑制思想。但我相信她在茅肖普湖边确实看见了罗伯·莱格勒。”

乔纳森说：“而且他在今早十点半的时候独自登记入住了一家汽车旅馆。”

伦登点点头。

两人都没再开口，只是转过身，看向窗外茅肖普湖的方向。

第二十二章

五点的新闻频道没有播送中东危机、螺旋式通胀、汽车流水线工人罢工或是新英格兰爱国者的惨淡处境。在播报新闻的半小时中，绝大多数内容都是关于埃尔德雷奇家失踪的孩子，以及轰动一时的哈蒙谋杀案的老片段。

《科德角社区新闻》刊登的照片被复制了。照片中特意标注了罗伯·莱格勒和卡尔·哈蒙教授在得知南希·哈蒙被判处故意杀人罪之后，一起走出旧金山法庭的一瞬。

展示照片时，电视台评论员焦急地解说道："据可靠线报，今早罗伯·莱格勒出现在埃尔德雷奇家的附近区域。如果您曾见过此人，请立刻拨打特别热线：KL-53800。埃尔德雷奇家的孩子们恐怕已经命悬一线了。如果您有任何关于两个孩子失踪一事的嫌疑人相关信息都请拨打热线：KL-53800。我再重复一遍：KL-53800。”

停电的时候，威金斯一家人已经关店回到自己家中，正好通过电池供电的电视机看到了这一则新闻。

“那个家伙看上去有点眼熟。”威金斯太太说道。

“看见谁你都这么说。”她丈夫取笑道。

“不……不是的。他有点古怪……他向前弯腰的样子……或许是我想多了吧。”

杰克·威金斯盯着他的妻子说：“我也觉得他看上去像那种让年轻女人意乱情迷的男人。”

“他？噢，你说的是那个年轻人。我指的是另一个人，那个教授。”

杰克趾高气扬地看着他的妻子说：“这就是为什么我说女人当不了合格的目击证人，而且也永远不该成为陪审员。没人在谈论哈蒙教授，他已经自杀了。他们关注的是姓莱格勒那小子。”

威金斯太太抿紧了嘴唇：“我明白。好吧，我猜你是对的。可就是……噢，好吧……”

她的丈夫吃力地站起来：“晚餐什么时候能准备好？”

“噢，马上就好了。但当你一想起小小的麦克和米西就没什么心思做饭了……天知道他们在哪儿……我就是情不自禁想帮他们。我不介意他们怎么评论南希·埃尔德雷奇。她不怎么来店里，但她每次来的时候，我都很喜欢看她和孩子们相处的情形。她对两个孩子温柔又有耐心，从来不会沮丧伤心，也不会暴躁生气，要是其他母亲能做到她的一半就已经很难得了。很神奇，她总能让你生活中那些鸡毛蒜皮的苦恼消散。”

“哪有那么多鸡毛蒜皮的苦恼？”他的声音提高了八度，尖锐地质疑道。

“好吧……”威金斯太太抿紧了嘴唇。整个夏天他们都深受小偷困扰。哪怕只是谈起这个话题，杰克都会心烦意乱。这也是为什么，今天一整天她都没找到一个合适的机会告诉丈夫，今早她清楚地瞧见帕里什先生从货架上顺走了一罐婴儿爽身粉。

第二十三章

在海恩斯港圣弗朗西斯·泽维尔教堂后面一个街区的小屋里，正在播放五点档的新闻。帕特里克·肯尼一家人正准备吃晚餐。在逼仄拥挤的小饭厅里，所有人的眼睛都紧盯着小小的便携式电视机。

当看见麦克·埃尔德雷奇和米西·埃尔德雷奇的照片出现在屏幕上的时候，艾伦·肯尼摇了摇头。她不自觉地看向自己的几个孩子——尼尔、吉米、迪尔德丽，还有凯特……一……二……三……四。不管什么时候，即便是跟往常一样带着孩子们去海滩，她都会不停地数人头。天哪，可千万别让他们有任何三长两短，求求你了。她总是在心中默默祈祷着。

每天艾伦都会去圣弗朗西斯教堂领取圣餐，接着又常去一个教众集会，萝丝·肯尼迪夫人也是其中的一分子。她还记得总统和博比相继遇刺去世的第二天，肯尼迪夫人照常来了教堂，她的脸上写满了哀伤，但仍然显得平静且端庄。艾伦从没在集会上好好看过她。多么可怜的女人，她也应该有个人空间可以抒发隐秘的感情。如果他们恰好在集会之后一起走出教堂，肯尼迪夫人通常还会微笑着和他们打招呼，说声“早上好”。她怎么能忍受这一切？艾伦百思不得其解。她怎么受得了？现在她脑子里想着同样的事。南希·埃尔德雷奇怎么受得了这样的事？……尤其是，类似的事件之前已经发生过一次了。

新闻播报员还在谈论刊登在《科德角社区新闻》上的那篇文章——现在警方正全力排查文章作者。艾伦深信南希不是杀害孩子们的凶手，播音员的话在她的脑海中仅仅一闪而过。这件事根本就不可能。没有母亲能忍心杀害自己的亲生骨肉。她看见帕特里克正看着自己，也对他报以了温柔的浅笑，无声对他说着——我们真是幸运，亲爱的，我们真是幸运。

“他长胖了好多。”尼尔说道。

艾伦吓了一跳，盯着自己的长子。尼尔虽然才七岁，却已经很不让她省心。他太莽撞，太胡闹了。这孩子继承了父亲的金棕色头发和灰色瞳孔。以他的年纪来说，个头偏小，艾伦知道他对此有点耿耿于怀，但她总是会找机会鼓励他：“爸爸很高，你的约翰叔叔也很高，总有一天你也会长高的。”虽然如此，尼尔还是比同班的其他人看上去更小一些。

“亲爱的，你说谁胖了？”她转过身重新看着电视屏幕，心不在焉地问道。

“就是前面的那个男人。上个月他给了我一美元让我帮他取邮局的信件。还记得吗？我给你看过他写给我的便笺，当时你还不信来着。”

艾伦和帕特里克盯着屏幕。他们正在看那张罗伯·莱格勒跟在卡尔·哈蒙教授身后走出法庭的照片。

“尼尔，你一定是弄错了，照片上的那个叔叔已经不在人世很久了。”

尼尔委屈地说：“你看，你从来都不相信我，你上次一直问哪里来的一美元，我告诉了你事情经过，可你就是认定我撒谎。他真的胖了很多，而且头也秃了，但他从旅行车里探出身子的时候，他的脑袋就像照片里面的人一样耷拉在脖子上。”

新闻播报员说着：“……任何信息，无论您认为它与本案多么风马牛不相及。”

帕特里克有些不悦。

“爸爸，你怎么生气了？”五岁的迪尔德丽紧张地问道。

尼尔刚刚竟然说“跟照片中人一样”！不过他的表情放松下来，答道：“可能是因为养大你们这帮小淘气很费心力吧。”他一边说着，一边用手揉着女儿短而卷曲的头发，暗自庆幸还好——小女儿就在自己能够得着的地方。“尼尔，把电视关了。”他命令儿子说，“好了，孩子们，在感恩上帝的恩赐之前，我们先祷告神明把埃尔德雷奇家的孩子们安然无恙地送回来吧。”

在接下来的祈祷中，艾伦一直在走神。他们在寻求任何线索，哪怕是看似毫无联系的信息，眼下尼尔确实因为帮人从中央邮局取了一封信而得了一美元小费。她清楚地记得那个日期，因为当天晚上要参加学校的家长会，而尼尔在晚餐时迟到了，她还生气来着。突然，她想起了一些事。

“尼尔，我想问问，那男人给你的作为代取邮件凭证的便笺，你还留着吗？”她问道，“我似乎看见你把便笺和钱一起放进你的存钱罐了？”

“是的，我还留着呢。”

“能麻烦你把它拿出来吗？”她问道，“我想要看看上面的署名。”

帕特里克仔细打量着她。尼尔一离开，他就撇开孩子们，故作高深地说：“别告诉我，你竟然相信……”

她突然感到整件事荒唐可笑：“噢，亲爱的，快吃饭吧。我想我只是有点紧张过度。我这样的人总是在浪费警察的时间。凯特，把你的盘子递过来。你可高兴了，我把肉馅糕的最后一块切给你。”

第二十四章

事与愿违。一件事也没算准。先是那个蠢女人中途拜访，然后小女孩又出了状况，现在一定得等她醒过来。要是她醒来，他就能享受小女孩对自己的反抗、挣扎。小男孩又挣脱了他的控制，躲起来。他得找到男孩。

考特尼感到周遭的一切都在逃离自己的掌控。他那欢愉和期待的情绪已经转变为失望和恼恨。他现在已经不出汗了，但咸湿的汗水沉甸甸地黏在衣服上，不适地紧贴着后背。他想起小男孩那双与南希极其相似的眼睛，但没有如预期那样感到快乐。

这男孩是个定时炸弹。如果他逃走的话，事情就败露了。最好可以一箭双雕，就像他之前做的那样。只需要一瞬，他就可以消除威胁——封住孩子们的嘴唇、鼻孔和眼睛，抽走空气——等几小时后开始涨潮，把他们的身体扔进翻涌的海浪中。没人会知道。然后他又可以高枕无忧地欣赏南希备受煎熬的样子。

处理好所有隐患，明天晚上他就驶回大陆。黄昏时分在外边闲逛，说不定会遇上独行的小女孩，就说自己是新来的老师好了……这招总是管用的。

下定决心之后,他好受多了。眼下的当务之急就是消除威胁。那孩子，就跟南希一样反抗他……麻烦透了……不知感恩……一心想着逃离……他会找到那个小男孩。他会把他绑起来，再用上一张单薄又柔软的塑料袋。他得确保塑料袋上有品牌标志，是南希常在洛韦利超市买的那种。然后他先把塑料袋套在男孩头上，因为他实在太招人烦了。接下来……是那个小女孩……马上就轮到她。留着她只怕后患无穷。

对危险的察觉总能激发他的灵感，跟上次如出一辙。那时，当他溜过校园抵达购物中心的时候，他并不知道自己要干什么。他只知道不能让南希带丽萨去看医生。他得在南希之前赶到停车场，他把车停在校园和购物中心之间的补给通道上。他看见她驶进停车场，嘱咐了孩子们几句，然后进了商店。周围没有车，一个人影都没有。突然，他知道该怎么办了。

孩子们都太温顺了。当他打开门的一霎，孩子们露出了惊慌失措的表情，但当他说 :“来吧，快点——我们一起跟妈妈玩个生日游戏。”他们就乖乖钻进后备厢，一转眼的工夫一切都结束了。他用塑料袋包住他们的脑袋，牢牢拧紧，他一直用手抓着孩子们直到他们停止挣扎。他关上后备厢，回到学校。做完这一切只花了不到八分钟，学生们都在专心致志地做实验，没人发现他不见了。如果怀疑到他头上，他可是有一屋子的不在场证人。那天晚上，他只需要驾车到沙滩上，把尸体扔进海里。机不可失。七年前的那天，他就成功地转嫁了危险，眼下到了故技重施的时候。“麦克，出来吧，麦克。我带你回家找妈妈。”

他还在厨房里，高举着防风灯，四下张望。这里无处可藏。对孩子来说碗柜太高了，但在这个黑暗空阔如洞穴般的屋子里找到那孩子，实在难如大海捞针。这也许会花上几小时，他应该从哪里开始找起呢？

“麦克，你难道不想和妈妈一起回家吗？”他再次呼喊，“她没死呢……她好得很……她想见你。”

他要不要先从三楼的卧室检查起呢？他想着。

但这孩子应该会试着打开通往室外的大门。他很聪明，不会待在楼上。难道他已经去了前门？最好亲自去看一眼。

他从小门厅开始查起，然后又想到了狭小的后堂。如果这男孩之前曾到过厨房，又听见他的动静，后堂会是一个最可能的藏身之处。

他走向后堂的门廊。听见的是呼吸声，还是风吹过屋子发出的声音呢？他又走了几步进入房间，将煤油灯高高举过头顶。他锐利的眼神不停地从黑暗中辨识着屋内的陈设。当他正准备离开的时候，防风灯被晃到了他的右手边。

他盯着自己发现的猎物，发出异常兴奋的尖锐笑声。蜷缩在沙发后面的弱小身影就像一只巨大兔子的剪影匍匐在假橡木地板上。“我找到你了，麦克，”他咯咯笑着，大叫起来，“这次你可跑不掉了。”

第二十五章

约翰·克雷格鲍罗斯刚从 6A 公路变道驶向监视所的公路时，就停电了。他本能地踩了脚下的开关，打开明亮的车前灯。视野还是模糊不清，他开得小心翼翼，轮胎底下的道路非常滑，车子似乎随时可能在任何一个转弯处打滑。

他寻思着应该怎样显得更合理些，毕竟在那个洞穴一样空阔的房子里找一只小小的打火机实在让人起疑。帕里什先生可能会合情合理地让他明早再来，或者建议由他代为寻找，如果找到再联系多萝西转交。

他决心带着手电筒去敲门。他会说自己很确定在翻折望远镜的时候，听到有什么东西掉在地上了。他想要查看一下是不是他口袋里的东西掉出来了。这很合理。无论如何他都要到四楼的套间去探个究竟。

前往监视所的崎岖小路非常危险。在道路的最后一个转角处，车子前轮险些打滑。约翰紧紧抓着方向盘，让轮胎牢牢地贴紧地面。只差几英里他就要滑向倾斜的路堤了，一旦变道他肯定会撞上六英里之外那棵大橡树的。几分钟之后，他把车停到监视所后面的车道上，他并没有像多萝西那样把车停进备用车库中。他希望显得随意而坦率。要说有点感情色彩的话，他的态度应该有些气恼，毕竟多跑一趟对他来说也不方便。他会说因为在晚餐时自己发现丢了东西，趁着还没出镇子，他决定亲自跑一趟而不是用电话通知。

走出车门的时候，这所大房子阴沉黑暗的氛围让他莫名有些不好的预感。即使最顶层也黑魆魆的。这男人一定有防风灯。暴风雪天气导致科德角停电一定不罕见。假如帕里什已经睡着了，完全不知道停电这回事呢？假如——只是假如——有个女人来拜访他，但不想被发现呢。约翰之前完全没有考虑过这种可能性。

突然他感到自己很蠢，劝服自己回到车上去。冰雹刺痛他的脸颊，冷风在大衣领子和袖子处往里猛灌，晚餐带来的暖意和满足已经消失殆尽。他寒冷疲惫，前面还有一段又长又艰巨的行程等着他。他和他矫揉造作的故事都很傻。他怎么就没想到帕里什可能会有个不愿被外人看见的访客呢？约翰认定了自己是个蠢蛋，一个杯弓蛇影的白痴，他和多萝西多半是打扰了一次幽会，仅此而已。他得离开这儿，趁还没闹出更多笑话之前。

他正准备上车驶离的时候，突然远远看见左边厨房的窗户里透出了微弱的灯光。这光影飞速移动着，几秒钟之后又映在了厨房右边的窗户上。有人拿着灯在厨房里转悠呢。

约翰小心翼翼地关上车门，避免了猛烈的撞击声，只发出了“咔嗒”一声轻响。他拿起手电筒，沿着车道缓慢摸索到厨房窗户旁，偷偷往里瞧。现在光源的位置似乎转到了大厅。他在脑海中回忆起房间的格局——后楼梯穿过了整个前厅，以及另一侧的小偏厅。在屋檐的掩护下，他绕着房屋后侧快速移动，经过了厨房大门，来到小偏厅的窗户旁。灯光有些昏暗，但当他往里看的时候又变得明亮起来。当看清防风灯正被一只伸出的手臂高举着，他赶忙后退躲闪。现在，他看见考特尼·帕里什了。这男人正在找东西……找什么呢？他正在呼喊某人的名字。约翰凝神细听。狂风呼啸使人听不甚清，但他还是辨识出一个名字：麦克。帕里什正呼叫着：“麦克！”

约翰感到后背生起一股凉意。他猜得没错。这男人果然是个变态，孩子们就在这房子里。帕里什在屋里转悠着，弧形手臂举着的防风灯就如一盏聚光灯，投射出他壮实高大的身材。约翰自知不敌，他很清楚如果发生肢体冲突自己将毫无胜算。他的武器只有一支手电筒。他是否应该去寻求帮助？或许麦克已经逃离了帕里什的魔爪？但如果帕里什找到他，哪怕只耽搁几分钟，后果也会不堪设想。

接着，约翰惊恐地目睹了帕里什将防风灯甩到右手边，从沙发后面扯出了一个拼命挣扎的瘦弱身影。约翰眼睁睁看着，帕里什放下了防风灯，合掌攥住了那孩子的咽喉。

约翰本能地后拉手臂，借势用手电筒打碎了窗玻璃——这反应就跟他在二战前线战场上服兵役时如出一辙。趁着考特尼·帕里什转身的空当儿，约翰把手伸进屋内，用蛮力打开了窗锁。他用尽吃奶的力气抬起了窗户，跨跳过窗台，进入了房间。双脚落地的时候，手电筒滑落到地上，被帕里什抢先夺过。帕里什左手仍然紧抓着防风灯，右手高举起手电筒，似乎那是一件武器。

眼看着一场恶战在所难免，但约翰还是回避了正面迎敌。他争取时间闪到墙边，一边挥手示意一边大喊:“快跑，麦克……去搬救兵！”他试着去踢帕里什手中的煤油灯，但立刻就被手电筒砸中了头骨。

第二十六章

弃车而逃真是下策，这行为完全是出于愚昧的恐慌。罗伯相信人定胜天，但今天他每一步全都行差踏错。在湖边看见南希的时候，他就应该立刻离开科德角这鬼地方。本来他可以当作南希外出旅游或者醉得不省人事，然后夹着尾巴撒谎度日，等时机成熟再去拜访南希和她的丈夫，讨点钱花。现在他却坐实了自己在这片区域出没，更糟的是南希的孩子们还丢了。

罗伯从不相信南希跟哈蒙家孩子的失踪有任何关系。但现在，谁知道呢？也许她真的神志不清？正如之前哈蒙教授告诉他的那样。

弃车离开之后，罗伯往南边那条直抵科德角中心地带的主干高速赶去。但有一辆鸣笛的警车与他擦身而过，他只得原路折回。即便能搭上顺风车，也有很大概率会在过桥时遇上路障。眼下最好的方法是到海湾去。那儿应该有很多空置的夏季小木屋。他会挑一个破门而入，在屋里避避风头。大多数这种房子都在厨房里储备着主食，他现在也确实饿了。再等几天，等热度消下去，他就蹭上一辆卡车，藏在后车厢里，离开这个鬼地方。

他浑身战栗着跑下这条阴暗、狭窄的小路。唯一值得庆幸的是，这种鬼天气不会撞见外出散步的行人，路上连辆车也很难看见。

但当他绕过公路转弯处的时候，一辆闪着前灯的汽车向他驶来，罗伯差点没来得及跳进厚厚的灌木丛中掩护自己。他大口喘着粗气，直到这车尖声呼啸着飞驰而去。见鬼，又是一辆警车。这地方到处都是警车。他必须得快点下道。还有几个街区就到海滩了。罗伯沿着树篱狂奔，向着离自己最近的房屋绿化带跑去。藏身于此更为保险，即便这意味着他需要花费更多时间穿过后院。

如果南希真的在湖边看见他了呢？她确实看向他所在的方向……但也可能没有。他当然会否认自己曾出现在那儿。她不可能成为目击证人，也没有其他人。他对此深信不疑。除了……那个旅行车的司机。也许是个本地人……马萨诸州的牌照……8X642……他为什么会记得这么清楚？倒过来……噢，没错……

2-4-6-8。他确实注意到这个。如果罗伯被抓，他会告诉警察那辆旅行车的事。他亲眼见到这车从通往埃尔德雷奇家的小路上驶出来，并且那时候正好跟孩子们失踪的时间吻合。

但，转念一想，假如这旅行车是他们预料之中的日常送货车呢？罗伯根本就没看清那个司机的长相，他真是没注意……只知道对方是个大个子的胖男人。如果被抓住并且说了撞见这车子的事，他只会坐实自己曾到过埃尔德雷奇家附近的罪名。

不，如果被抓，他什么也不会说的。他会说他本来打算去见南希。接着他看到报纸上刊登了哈蒙案的报道，里面还有自己的照片，于是决定溜走。下定决心之后，罗伯觉得舒服多了。现在如果可以赶到海滩并且钻进一个小木屋……

他匆忙前行，小心翼翼地走在秃树的阴影下，差点滑了一跤。他轻声咒骂了一句，然后重新找回了平衡。冰雹使这整片鬼地方都像溜冰场一样光滑。但他也不需要再走多远了。他得找个房间待着，不然肯定会被人发现的。他倚靠结冰的树干稳住身体，尝试移动得更快些。

第二十七章

瑟斯顿·吉文斯安静地坐在玻璃墙环绕的后门廊上，观赏黑暗中的风暴。已到耄耋之年，他反而发现了这东北飓风之美，心里也明白自己没有多少日子可以看到这样的图景了。收音机开着，低声播报着新闻。他听到最新一条快报是关于埃尔德雷奇家的孩子们的，还是没有他们的消息。

现在，瑟斯顿坐在那儿，双眼死死盯着后院的方向，思索着为何年轻人总是命途多舛。在一九一七年暴发的那场瘟疫中，他五岁的独子死于流感。

作为一个退休的房产经纪人，瑟斯顿很了解雷·埃尔德雷奇。他曾是雷父亲和爷爷的朋友。雷在工作上很有一套，是科德角需要的栋梁之材。他不仅业务能力过硬，也是个很好的房产经纪人——他不是那种投机挣快钱，被舆论谴责的黑心商人。该死，如果他的两个孩子真有什么三长两短，那真是见鬼了。在瑟斯顿眼中南希也不是那种会跟谋杀案扯上关系的人，这件事一定另有隐情。

他正陷入沉思，突然发现树篱有动静。他前倾身子，眯起眼睛观察。那儿有个人，偷偷摸摸地沿着树丛行走，明显在逃避什么。这种坏天气还有人在树丛里鬼鬼祟祟的准没好事，而且最近科德角上出了不少抢劫案，这片区域还是重灾区。

瑟斯顿拿起电话，拨通了警察总局的电话。柯芬警长是他的老朋友了，不过，现在警长肯定没在警局。他一定在外面办理埃尔德雷奇的案子。

电话接通了，对面有人说道："亚当斯港警察总局。珀赖尔中士——"

瑟斯顿不耐烦地打断了话头。"我是瑟斯顿·吉文斯，"他一字一句地说道，"我向警方举报，在我后院的树丛里发现一个嫌疑人，他现在正朝海湾的方向前进。"

第二十八章

南希直愣愣地坐在沙发上，双眼无神地目视前方。雷点燃了火炉，火焰正燃烧着柴火，炭化的树枝在火光中断裂。昨天，就在昨天，不是吗？她和麦克还一起在院子里耙草。

“这是今年冬天我们最后一次清理落叶了，麦克，”她说道，“我猜所有的枯叶应该都落下来了吧。”

他严肃地点点头。接着，不必多余的嘱咐，他会从落叶堆里捡出最大块的树干和最粗壮的枝丫。“这些很适合用来生火。”他评价道。这时他会随手扔下铁耙子，任凭有金属铁刺的那一面，直愣愣地竖在那儿。不过，当米西从车道快速跑来的时候，他又会飞快地将耙子翻个面。脸上流露出充满歉意的笑容：“爸爸说了，如果把耙子那样放着很危险。”

麦克一直很保护米西。他太好了。他很像雷。南希意识到自己竟然感到了不可思议的宽慰——这都是因为知道麦克陪在米西身边。只要时机恰当，麦克会照顾米西的。他是个足智多谋的孩子。如果他们现在被困在户外某处，麦克会确保米西的外套拉链拉好，他会尽力照顾她的。他会……

“噢，老天。”

她并不知道自己叫出了声，直到雷惊慌失措地抬起头来。他正坐在自己的大椅子上，神色紧张。雷似乎很清楚南希暂时还不想自己碰她——她正在努力拼凑信息，评估现状。她一定不相信孩子们去世了。他们不可能去世，但必须赶在不测发生前找到他们。

多萝西也在看着她。眨眼之间，多萝西看上去老了很多，而且神情恍惚。南希一直都接受着多萝西的关怀和爱护，但从来没有正面回应她。南希礼貌性地与多萝西握手，明显将她排除在家庭核心成员的圈子之外。南希不希望孩子们有个替身外祖母，她不希望任何人替代母亲的地位。

一直以来我都在犯蠢，南希想着，我从来没理解她的需求。现在这个节骨眼儿我却有心情弄明白这个，多奇怪啊。现在他们这样无可奈何又束手无策地坐在这儿，我却在想着多萝西的事，多么奇怪啊。是什么事情使她安心呢？为什么她似乎看到了希望的曙光？她为什么会感到宽慰呢？

“罗伯·莱格勒，”她说道，“我告诉过你们，今天早上我在湖边看到了罗伯·莱格勒。”

“没错。”雷答道。

“我有可能在说梦话吗？医生相信我看到他了吗？——他们相信我说的是实话吗？”

雷略一思考，决定如实相告。南希骨子里有股倔强，这种坦率的性格使她无法忍受任何保留。

“我相信博士也觉得你已经对事发经过进行了详尽的描述。还有，南希，你得知道罗伯·莱格勒已经被确认在昨晚和今早出现在这附近。”

“罗伯·莱格勒不会伤害孩子们。”南希就事论事又斩钉截铁地说道。对此她很有把握，“如果是他抓了孩子们，如果他是幕后主使，他不会伤害孩子们的。我相信这点。”

伦登走进房间，乔纳森紧跟在后面。乔纳森意识到一进房间自己的眼神就不由自主地锁定了多萝西。她的双手插在口袋里。他在想是不是在口袋里攥成了拳头。她一直给他一种秩序井然又旁若无人的印象——他很欣赏这种特质，但放在女人身上就不那么迷人了。

当乔纳森坦诚地进行自我反思的时候，他意识到和艾米莉关系中很重要的一部分是源于那种持续不断的被需要的感觉。她总是没办法拧开罐头的盖子，总是找不到车钥匙，而且也无法实现收支平衡，而他也乐得扮演那个宽容的、万能的、稳定的善后者、实干家和救世主。直到艾米莉生命的最后两年，他才意识到自己从不理解妻子女性化的性格中，有钢铁般坚强的内核。这体现在医生告诉她确诊结果时，她向他投来的同情目光，以及在治疗过程中她也从不喊痛。现在，眼睁睁看着多萝西无声地强力压制内心的痛苦，他非常急切地想要安抚她。

雷的询问稍稍让他转移了注意力："电话说了什么？"

"柯芬警长出去了。"乔纳森含糊地答道。

"没关系，南希已经知道有人目击罗伯·莱格勒在附近出没的消息了。"

"这就是柯芬警长离开的原因，在抓捕中莱格勒在6A公路两公里处，丢弃他偷来的车逃走了。不过别担心，这种天气他是没办法走远的。"

"南希，你觉得怎么样？"伦登仔细地端详着她。她看上去比他预期的更沉着镇静。

"我没事。我刚才说了很多关于卡尔的话，对吗？"

"是的。"

"其中有些事我努力地想要记起，有些很重要的事我想要告诉你们。"

伦登公事公办地说道："有好几次你说，'我不相信……我不相信……’你知道你为何要这么说吗？”

南希摇了摇头。“不清楚。”她站起身，心事重重地走到窗户边说，“天气太暗了，现在应该很难发现任何事或者找到任何人。”

行动让她备受煎熬。她试着厘清思路以便思考。她低下头，这才意识到自己仍然穿着毛茸茸的羊毛长袍。“我要换身衣服，”她说，“我想收拾一下自己。”

“你需要……”多萝西抿紧了嘴唇。她本来想问南希想不想和她一起上楼的。

“我自己就好。”南希温和地答道。他们会找到罗伯·莱格勒，她对此深信不疑。当他们找到他的时候，她想要收拾得清清爽爽。不管他们是在哪里抓住了他，她都要去见他，然后告诉他：“罗伯，我知道你不会伤害孩子们的。你想要钱吗？你需要什么呢？告诉我他们在哪儿，你所有的要求我们都可以满足。”

在楼上卧室里，南希脱下了羊绒长袍。她机械性地走到衣橱边，把袍子挂起来。突然她感到头晕目眩，不得不将额头抵在凉爽的墙壁上。卧室的门开了，接着她听见了雷的喊叫：“南希！”他听上去吓坏了，翻转南希的身子，将她揽入自己怀中。南希感觉到雷运动衫那粗糙温热的质感正摩擦着自己的皮肤，还有他越发用力的拥抱。

“我没事的，”她说着，“真的……”

"南希！"他扶起她的脑袋，双唇吻住了南希的嘴。她的嘴唇轻轻分开，紧紧依偎的身体在他怀中缩成一团。

一切宛如初见。他们共进晚餐的第一夜，饭后两人到湖边散步。天气很冷，她被冻得瑟瑟发抖。雷的外套敞开着，于是他大笑着将她拥入怀中，用外套裹住她。那是他们第一次接吻，当时他就知道这是命中注定的缘分。南希渴望着自己，从一开始便如此。不像对卡尔……可怜的卡尔……她一直在忍受他。并且因为对他毫无兴致感到自责，在丽萨出生之后，他也再没有……不像一个丈夫了。卡尔察觉到她的嫌恶了吗？她总在想着这件事。这是她愧疚的原因之一。

"我爱你。"她不知道自己竟然说了这话——她经常这么说，即使在睡觉的时候，她也会在梦呓中迷迷糊糊对雷表白。

"我也爱你，噢，南希。我一定对你很坏。我以为我了解你，但我没有……""雷，我们能把孩子们找回来吗？"她的声音在发抖，并且感到自己的整个身体都在战栗。

他的手臂抱得更紧了："我不知道，亲爱的，我不知道。但是记住：不管发生了什么，我们都有彼此。没什么能拆散我们。警局来人找警长了。现在罗伯·莱格勒就在警局里。迈尔斯博士已经跟他们先去了，我和乔纳森随后也过去。"

"我想去。也许他会告诉我……"

"不用了，乔纳森有个主意，我觉得或许有用。我们会把话套出来的。如果罗伯看见你，恐怕会拒绝坦白，尤其是如果上次他也有参与的话。”

“雷……”南希听见自己的声音中流露出的失望之情。

“亲爱的，坚持住。只要再等一小会儿。好好洗个澡，换身衣服。多萝西会陪着你。她现在正给你做三明治呢。我会尽最大的努力早点回来的。”他轻吻了她的秀发片刻，然后离开了。

南希行尸走肉般地踏进主卧的盥洗室。她打开了淋浴间的水龙头，隔着洗手池端详自己映在镜中的容颜。她的脸苍白又憔悴，她的眼神阴沉又迷惘。这正像她之前和卡尔在一起时的样子，跟报纸上登出的照片一模一样。

她快速把头发在脑后盘成髻，踏进了淋浴间。喷头里射出的温暖水流冲刷着她的身体，持续不断地洗去她僵硬肌肉的疲乏。这感觉很好。她心满意足地对着喷头扬起脸，洗澡让她感到干净舒爽。

自从和卡尔在一起的那些年后，她再也不愿意泡澡了。水花溅在她脸上的时候，过往画面历历在目。那浴缸……卡尔一定要替她洗澡……他用诡异的方式抚摩她、检查她。有一次她试着推开卡尔，他滑倒了，脸浸入水中，有那么一小会儿无法把头抬起来。当他从水里挣扎着起身，就开始吐水、发抖和咳嗽。他很生气……但更多的是恐惧。把脸埋在水下使他吓坏了。

这就是了。这就是她一直苦于记起的东西：对水的谜之恐惧……

噢，老天爷。南希躲闪到没有淋浴喷头的一边，靠墙站着。她感到恶心，胃和喉咙都有些发紧，她跌跌撞撞地走出淋浴间，开始失控地干呕。

好几分钟之后，她才扶着洗脸台的边缘站起来，但依然无法消除那猛然袭来的厌恶感。接着，当呕吐终于停止之后，她发冷的身体依然战栗不止。

第二十九章

“雷，别抱太大期望。”乔纳森警告道。

雷没有回应他。透过条纹装饰的窗玻璃，他远远地望见了警局的房子。煤油灯的光亮让它看起来仿佛是上个世纪的建筑。飞快停好车，雷打开车门，沿着碎石路往警局狂奔而去。乔纳森紧跟在身后，传来气喘吁吁的声音。

负责接待的当值警员很惊讶：“埃尔德雷奇先生，没想到今晚还能见到您。我对孩子们的事感到很抱歉……”

雷不耐烦地点点头，问道：“他们在哪里盘问罗伯·莱格勒？”

这个警官立刻警觉起来，答道：“埃尔德雷奇先生，您无权干预办案。”

“去他的我不能，”雷平静地说道，“你进去告诉警长，我现在就要见他。”

见状，警官也难以推辞，他转身对经过走廊的一名警员说：“告诉警长，雷·埃尔德雷奇想要见他。”他厉声吩咐道。

雷转过身，脸上带着一抹倦怠的笑意，对乔纳森说：“眼下这主意似乎牵强附会而且痴人说梦。”

“并不是这样的。”乔纳森胸有成竹地答道。

雷环视着屋子，才猛然意识到还有两个人坐在门边的长凳上。这两人跟他和南希的年龄相仿，也是一对容貌秀丽的年轻夫妇。他心不在焉地想着，他们来警局所为何事？那男人看上去尴尬不安，女人看上去意志坚决。这样一个夜晚，究竟什么风会把他们招来？是因为他们打架了，女人决定提起上诉吗？这想法真是逗极了，在这间屋子外的某个地方，在这不同寻常的一天之外，人们在家里和亲人待在一起，在烛火旁烹饪晚饭，告诉孩子们不要惧怕黑暗，做爱……打架……

他察觉到那个女人正盯着他看，她想要起身，不过当丈夫的拉住了她。雷赶忙背过身去。现在他最不需要的就是同情。

走廊里传来急促的脚步声。柯芬警长冲进屋子里说：“出了什么事，雷？你收到什么消息了吗？”

乔纳森答道：“你们抓到罗伯·莱格勒了？”

“是的，我们正在盘问他。迈尔斯博士跟我一起。莱格勒要求请律师，拒绝回答任何问题。”

“如我所料，这就是我们来这儿的原因。”乔纳森压低声音简述了他的计划梗概。

柯芬警长摇摇头说：“没用。那小子精着呢。你不可能让他承认今天早上出现在埃尔德雷奇家附近的。”

“就让我们试试吧。你也知道现在时间多么宝贵。如果孩子们在他的同伙手里，那个人恐怕已经心乱如麻了，天知道他会做出什么事情来。”

“那好吧……请跟我来。跟他聊聊，但别抱太大期望。”警长扭过头，点头示意走廊中部的一个房间。正当雷和乔纳森要跟上他的时候，那个女人从长凳上站了起来。

“柯芬警长，”她急切地说，“我能跟您聊两句吗？”

警长打量着她：“你要说的话重要吗？”

“或许不太重要，只是这话不吐不快……我家的小儿子……”

警长明显失去了兴趣：“请再坐会儿，女士。我会尽快回来处理您的问题。”

艾伦·肯尼坐回长凳上，盯着三人离去的背影。值班警官察觉到她的失望情绪，便问道：“女士，有什么我可以帮忙吗？”

但艾伦不信任警官。当她和帕特里克刚踏入警局的时候，就试着告诉他，他们家的小儿子或许知道一些关于埃尔德雷奇一案的线索。不过警官明显很不耐烦地说："女士，您知道我们每天会接到多少这种举报电话吗？自从开通热线服务以来，除了电话我们什么也没捞到。今早有个图森的浑球还打电话说，看见孩子们从他公寓的方向穿过街道，在操场玩耍。他们不可能在那儿，就算坐超音速飞机也不可能。您还是先请坐，警长方便的时候，他会跟您聊的。"

帕特里克说："艾伦，我想我们还是回家吧。我们在这儿只能帮倒忙。"

艾伦摇摇头。她打开自己的女式手提包，拿出陌生人让尼尔帮忙去邮局取件的便笺。她把尼尔所说的一切都记录了下来，并把这便笺贴在了草稿上。她知道尼尔去取信的确切时间，她也仔细记录下了尼尔对这个男人描述。按他的原话说，这男人看上去像电视里贴出的照片中，南希·哈蒙的第一任丈夫；他驾驶着一辆老爷车款式的"过时旅行车"——有可能是一辆福特。最后，尼尔还说，这男人的挡风玻璃上还有一张亚当斯港的垂钓许可证。

艾伦笃定地坐在那儿，她会一直等下去，直到有机会讲她的故事。帕特里克看上去非常疲惫。艾伦轻拍着丈夫的手。"亲爱的，再忍耐一会儿，"她耳语着，"或许这线索确实没什么意义，但我总觉得应该等下去。警长也说了，他会尽快过来跟我聊聊的。"

警局的门开了，一对中年夫妇走进来。这男的看上去非常不悦，女的则焦虑不安。值班警长跟他们打招呼："嗨，威金斯先生……威金斯太太。出什么事了吗？"

"有点难以置信，"威金斯先生厉声说道，"这样一个晚上，我妻子却非要来报告，今早有人从店里偷走了一罐婴儿爽身粉。"

"婴儿爽身粉？"警官的声音因为震惊而提高了八度。

威金斯太太看上去更心烦意乱了，她说："不管这件事听起来有多蠢，但我一定要见柯芬警长。"

"他很快就来了。这些人也在等他。先请坐好吗？"他指着跟肯尼夫妇成直角位置的那条空长凳。

他们走过来，落座的时候，威金斯先生还在气恼地嘟囔着："我还是不明白，我们为什么要来这儿。"

艾伦善良体贴的性格让她忍不住跟这对夫妇搭话。她想着也许跟别人聊聊天，这个当妻子的就不会这样紧张焦虑了。"我们也不知道来这儿要干吗，"她说，"孩子失踪这件事难道还不够让人操心吗……"

五十英尺外，走廊尽头的办公室里，罗伯·莱格勒眯起狭长又充满敌意的眼睛看着雷·埃尔德雷奇。他想着，这人挺有格调，南希这次嫁得比上次好多了，卡尔·哈蒙真令人毛骨悚然。罗伯因为恐惧感到肠胃不适。埃尔德雷奇家的孩子们依旧下落不明。如果他们有什么不测，他们会想办法让他分担罪名。但没人看见他出现在埃尔德雷奇家附近……除了那个驾驶旧货车的大个儿壮汉。假如那人真是个送货员或者类似职业的人，并且是他报警的呢？如果他出面作证罗伯今早确实出现在埃尔德雷奇家附近呢？他可以找什么借口替自己开脱呢？没人会相信他溜进城里只是为了跟南希打个招呼。

罗伯在脑子里一遍遍地演习，想编一个合乎情理的故事，但全是徒劳。直到律师来之前，他都会守口如瓶——或许有了律师他也少说为妙。年长的男人开始跟他说话了。

"你现在的处境很不乐观，"乔纳森说道，"你是个被羁押的逃兵。需要我再提醒你法律条文中对制裁逃兵的规定吗？你的情节比那些为了躲避征兵跑到外国去的人更严重。你已经是军队的一分子了。不管埃尔德雷奇家的孩子们发生了什么，与你有关或无关，接下来你都面临着十到二十年的牢狱生涯。"

"话别说得太早。"罗伯还击道。但他知道乔纳森说的是实情。去他的！

"不过，逃兵罪的刑罚肯定不会比谋杀更严重……"

"我从没杀过人！"罗伯咆哮着从椅子上跳起来。

"坐下。"柯芬警长命令道。

雷站起来，身子探过桌面，直到他的高度能和罗伯对视。"让我来帮你分析一下，"他掷地有声地说，"我认为你是个浑账东西。给我两美分，我也愿意亲手了结你的性命。七年前你的证词就差点让我的妻子被投入毒气室，现在你或许知道点什么能救孩子们的命，如果还为时不晚的话。注意听着，无赖，给我听清楚了。我妻子不认为你会伤害我们的孩子。碰巧我跟她看法一致。但今天早上她看见你了。这意味着你也知道今天早上发生了什么。拖延或者否认你曾在现场都无济于事。我们有法子证明你在场。但如果你坦白从宽，我们也找回了孩子们，我们不会就绑架罪起诉你。这位诺尔斯先生，是全国知名的顶级律师，他将成为你的代理律师，为你争取逃兵罪最轻的量刑。他有法子……很多法子……现在，浑球，你怎么选？你接受这个提议吗？”雷前额上青筋暴起。他往前移了移身子，现在他们二人的眼睛只有几英寸的距离了，“因为如果你不接受……如果你知道什么……让我发现你对找回孩子的线索知情不报的话……不管你被关押在哪个监狱……我都会找到你，亲手杀了你。你给我记好了，你这屡教不改的浑蛋。”

“雷。”乔纳森用力地把他拉回到座位上。

罗伯看着眼前的一张张面孔：警长……博士……雷·埃尔德雷奇……那个姓诺尔斯的律师。如果他承认到过埃尔德雷奇家……但否认这件事对他又有什么好处呢？已经有了目击证人。他的直觉驱使他接受这群人的条件。罗伯知道自己手中已经没有讨价还价的砝码了，配合他们至少还能在逃兵罪上赚点甜头。

他耸了耸肩然后看着乔纳森说：“你会为我辩护？”

“会。”

“我不希望被冤枉而受到绑架的指控。”

“没人想把这罪名推到你头上，”乔纳森说，“我们只想知道真相……如你所知的，简单的真相。如果你现在不接受的话，过了这村，就没这店了。”

罗伯往后靠着，避免和雷有眼神接触。“好的，”他说，“事情的起因是这样，我在加拿大有个哥们儿……”

他们全神贯注地听着罗伯的讲述，偶尔警长或乔纳森会向他提问。在讲到自己想要敲诈南希一笔钱的时候，罗伯字斟句酌：“您瞧，我根本就不相信南希会碰哈蒙家的孩子们一根头发。她不是那种人。但我听到风声，他们想把罪名嫁祸到我头上，所以我的应对之策就是老老实实回答问题，不要节外生枝。我挺同情南希的，在我看来，她就是个被吓坏的孩子，被人狠狠地陷害了。”

“她被陷害，你要付直接责任。”雷说。

“雷，别插嘴，”柯芬警长说道，“讲讲今天早晨，”他命令罗伯，“你是什么时候到埃尔德雷奇家的？”

“大概还差几分钟到十点，”罗伯说，“我开得很慢，在找地图上我朋友画的那条泥泞小路……然后我意识到自己错过它了。”

“你怎么知道错过了呢？”

“当时有另外一辆车……我不得不减速……这时我意识到，

这车就是从那条路上出来的，所以我后退避让它。”

“另一辆车？”雷重复着这句话。他跳起来，“另一辆车是怎么回事？”

审讯室的门被猛地拉开了，警官匆忙跑进来报告：“警长，我觉得您很有必要跟威金斯夫妇还有另一对夫妻谈谈，我想他们有很重要的事情要告诉你。”

第三十章

南希终于可以起身，去洗脸漱口。她不能让人们见到她这副病容。他们一定会在背后议论。他们会觉得她疯了。他们不会相信或者理解。但如果难以置信的事确实发生……孩子们。噢，天哪，不要再来一次了，别和上次一样，求求你，千万不要。

她冲进卧室，从抽屉里拿出一件内衣，又从衣橱里取出一条衬裤和一件厚毛衣。她要去警局。她要去见罗伯，跟他说自己相信他，求他说出实情。就算其他所有人都以为她疯了也在所不惜。

飞快地打扮停当，她把脚塞进运动鞋里，用颤抖的手指系好鞋带，匆忙下楼。多萝西在餐厅里等着她，桌上摆着三明治和一壶茶。

“南希，坐下吧……试着吃点东西……”

南希打断了她：“我要去见罗伯·莱格勒。有些事我一定要问清楚。”意识到自己听上去有些歇斯底里，她咬紧了牙关。她一定不能失态。她转向站在厨房门口的伯尼·米尔斯。

“请给警局打电话，”她恳求道，“告诉柯芬警长我坚持要过去……这事关孩子们的安危。”

“南希！”多萝西抓住她的胳膊，“你在胡说什么？”

“我一定要见罗伯。多萝西，给警局打电话。不，我自己来。”

南希向电话跑去，她正准备伸手够电话的时候，铃声响起。伯尼·米尔斯赶紧去接，但被南希抢先了。

“您好？”她的语速很快，而且听上去很不耐烦。

接着她听见了低沉如耳语般的说话声，她不得不压紧听筒，来听清对方的话：“妈妈，妈妈，请过来接我们。帮帮我们，妈妈。米西生病了。快过来接我们……”

“麦克……麦克！”她大叫起来，“麦克你在哪儿？告诉我你在哪儿？”

“我们在……”接着他的声音渐渐变弱，电话断了。

她发狂似的晃着电话：“接线员，”她尖叫着，“不要切断信号！接线员……”但太迟了。瞬间之后，她耳朵里只回荡着单调乏味、嗡嗡作响的拨号音。

“南希，怎么了？谁打来的电话？”多萝西就站在她身边。

“是麦克，麦克打来的。他说米西生病了，”南希看见多萝西脸上疑云满布，“我的天，你还没明白吗？刚刚那通电话是麦克打来的！”

她发疯似的晃着电话，然后拨通了运营中心号码，打断了服务员陈词滥调的开场白，她开门见山地问道：“你能帮我查一下上一通电话的信息吗？机主是谁？是从哪里打来的？”

“很抱歉女士，我们没有渠道获得这些信息。事实上，我们的整个通信网络都有点问题。因为风暴，镇子里的大部分电话都已经停机了。有什么问题吗？”

“我得知道那通电话是从哪里打来的，我一定要知道。”

“通话一旦结束，我们就没办法追踪信号的来源了，女士。”

南希麻木地放下了听筒。

“一定有人中断了信号连接，”她说，“一定有人挟持了孩子们。”

“南希，你确定吗？”

“埃尔德雷奇太太，您有些过于神经质和烦心了。”伯尼·米尔斯尽力使自己的话听上去令人宽慰。

南希没有搭理他：“多萝西，麦克刚刚说，‘我们在……里’他知道自己在哪儿，这说明他并不远。你意识到了吗？并且他还说米西病了。”

她似乎听见远处传来别的声音。丽萨病了……她觉得不对劲儿。她在很久之前就对卡尔说过这件事。

“警局的电话是多少？”南希问伯尼·米尔斯。她把脑海里那些无助脆弱的愁云惨雾一扫而空。躺下来休息很简单……置身事外。现在麦克和米西在某人手上……有人在伤害他们……也许会重演之前的惨剧……不……不……她一定得找到他们……她不能生病……她必须找到他们。

她扶着桌角稳住身体，镇静地说：“你也许觉得我疯了，但我确信刚才电话里的真是我儿子的声音。警局的电话是多少来着？”

“请拨 KL-53800。”伯尼勉为其难地说道。她真是入魔了，他想着。警长会因为漏接电话，把账算在他头上。她想象是孩子打来的电话……但可能是任何人，或者甚至是个恶作剧。

拨号音响了一声，一个清脆的声音说：“亚当斯港警察总部。这是……警官。”南希刚开口：“柯芬警长——”马上就意识到自己在自说自话。她不耐烦地晃着电话。“断线了，”她说，“电话断线了。”

伯尼·米尔斯从她手中接过听筒：“看来通信中断了。在我意料之中。也许现在有一半的房屋都无法使用电话。这暴风雨真的很大。”

“带我去警局。不，还是你去吧。如果这电话再响，而且是麦克打进来的……请去警局，或者现在还有人在外面吗？”

“恐怕没有了。电视车也跟去了警局。”

“那有劳你跑一趟吧。我们会守在这儿。告诉他们，麦克打了电话来。让他们把罗伯·莱格勒带来。我们在这儿等着。”

“我不能留你一个人在这儿。”

“南希，你确定那是麦克吗？”

“我确定，多萝西，请相信我。我很肯定。那就是麦克。真的是他。警官，求求你。开车去警局要多久？……五分钟吧。来回一趟也就十分钟时间。但请你务必让他们把罗伯·莱格勒带到这儿来。麻烦你了。”

伯尼·米尔斯反复思量着。警长吩咐他在这儿待命。但现在通信中断了，不会再有任何电话打来。如果让南希跟他一起，警长或许会不悦。如果离开又即刻返程，他会整整十分钟擅离职守，但如果刚才那通电话真是孩子打来的，可他却没有汇报……

他本想让南希驾车去警局的，但他很快放弃了这个想法。路面都结冰了。南希又这么焦躁不安，她很有可能把车撞坏。

“我去吧，”他说，“你们就待在家里，哪儿也别去。”

他没有花时间去找自己的外套，而是直奔后门上了巡逻车。

南希说道：“多萝西，麦克知道自己在哪儿。他刚才说，‘我们在……里’这意味着什么呢？如果你在一条街道或者公路上，你会说，‘我们正在 6A 公路上’，或者‘我们在沙滩上’，或者

‘我们在船上’，但如果你在一间房子或者商店里，你会说，‘我们在多萝西家里’，或者‘我们在爸爸的办公室里’。你明白我的意思吗？噢，多萝西，一定有办法可以定位的。我要仔细筛查一遍。一定有线索……有线索可以找到。

“他说米西病了。今早我差点就不让她出去玩了。我考虑了这件事。气温会不会太低？风会不会太大？但我不愿意去想他们病了，或者因为他们生病就对他们特别对待，现在我知道根源在哪儿了。因为卡尔检查孩子们……还有我的方式。他不正常。我现在才想明白这件事。回过头来看，这就是我让米西出门的原因。对她来说，室外实在是过于湿冷了。但我想着就半小时而已。因为有所顾虑，所以我让她戴上了红色手套，手背上绣着笑脸的那双，我还叮嘱她一定不能把手套摘下来，因为外面太冷了。我还记得当时纠结了一下，要不要让她戴成对的那副手套。不过她确实在秋千那儿落下一只手套。噢，天哪，多萝西，如果我没让他们出门！如果我因为米西生病了就让她留在家里……但我不愿意回忆那些事……多萝西……”

多萝西大叫了一声，南希转过身来。多萝西脸上的肌肉抽搐着：“你刚才说什么？”她追问道，“你刚刚说什么……关于手套的事情？”

“我不知道。你是指——她丢了一只手套——还是手套是成对的？多萝西，你想说什么？……你有什么线索吗？”

多萝西掩面啜泣着，说道：“我知道他们在哪儿。噢，上帝，我知道……我真是太蠢了。噢，南希，我都做了什么？噢，我都做了什么？”她把手伸进衣服口袋里，掏出了那只手套，“它就在这儿……今天下午我在车库地板上发现了它……我以为是我不小心踢下车的。那个邪恶的男人……我就觉得他不对劲。他身上的酸臭味……令人厌恶……还有那罐婴儿爽身粉。噢，我的上帝呀！”

南希抓住那只手套，问道：“多萝西，求你帮帮我。你是在哪里找到这只手套的？”

多萝西四肢无力地跌坐在地：“在监视所，就是我今天带人看房的那个地方。”

“监视所……那个叫帕里什的男人住在那儿。我只是远远地见过他。噢，不！”突然之间一切都说得通了，南希破解了真相，同时也意识到，恐怕为时已晚，“多萝西，我现在就去监视所。现在……孩子们就在那儿。也许，也许我现在去还来得及。你去找雷和警察。让他们都来。我怎么才能进监视所？”

多萝西停止了战栗。她的声音变得和南希一样镇静。不是现在……不是现在，余生她都可以放纵自己沉浸在自责中……但此刻不行。“厨房门有门闩。如果他给锁死了，你没法进去。但靠近港湾的前门——他从来不用。我也从没给他钥匙。用这个可以打开两个门锁。”她从口袋中掏出一串钥匙，“就这把。”

多萝西没有质疑南希独自前往的决定。这两个女人一起跑出后门奔向车子。多萝西让南希率先驱车离开，当看到南希的车子倾斜，打滑然后又重回道上的时候，她也捏了一把汗。

几乎什么也看不清。冰雹在车窗上了结了厚厚的一层冰霜。南希摇下车窗，迎着猛烈的暴风雪，探出头看路，她驾车下道，穿过 6A 公路，上了那条通往监视所的捷径。

南希刚上那条倾斜的蜿蜒小路，车子就开始打滑。她猛踩油门，前轮侧滑，车子上了一条覆满冰雪的路。南希急踩刹车。车子开始打转。她想要矫正行车的方向，可是太晚了。车子前端歪向了右边，轰的一声撞在了一棵树上。

南希受惯性冲了出去，又被弹回来。她迎着猛烈的暴风雪打开驾驶位车门的时候，车轮还在打滑。她没穿外套，直奔崎岖险峻的山路，几乎感觉不到冻雨穿过她的毛衣、在身上融化的寒意。

快上行车道的时候，她滑了一跤。顾不上膝盖的剧痛，她朝着那房子狂奔而去。别让我到得太迟，求求你别让一切太迟。她眼前的迷雾终于消散了，她仿佛看到自己正低头凝视搁着皮特和丽萨尸体的木板的情形……他们脸色苍白，因为泡水而变得浮肿……身上还黏着塑料垃圾袋。求求你，她祈祷着，求求你！

她绕着房子奔跑，把身体靠在木板墙上以免跌倒，向着前门的方向跑去。她手中紧紧攥住又湿又冷的钥匙。整所房子黑影幢幢，除了顶楼有些许光亮。一片黑暗中她看见有光从一扇窗透出来。她绕着屋子奔跑的时候，耳边一直响起海浪拍击在礁石嶙峋的海岸上、水花四溅的轰鸣。这里没有沙滩，只有堆叠的岩石。沙滩在屋子左侧的区域。

她从没意识到这房子的地势如此高耸，透过后窗可以俯瞰整个小镇。

她的呼吸变成深沉、抽噎的喘气。南希感到自己的心怦怦直跳。在这样砭骨的冷风中奔跑使她无法呼吸。她用麻木的手指摸索着钥匙。快开门吧，求求你，开门吧。她把钥匙插进生锈的锁眼时，门锁并没有应声而动，她继续转动钥匙，终于，锁开了，南希推门而入。

屋子里太暗了……伸手不见五指，她什么也看不见。空气中弥漫着发霉的味道，一片死寂。灯光是从顶楼透出来的。那也是套间的所在。她一边寻找着楼梯，一边努力克制不要大声呼喊麦克的名字。

多萝西说经过前厅在大堂里有两个楼梯。这就是前厅。南希试探性地往上走。在凝滞的黑暗中，她伸出双手为自己探路。她不能发出任何声音，不可以打草惊蛇。她被绊了一跤，扑倒在地，她抓着旁边沙发或者椅子的把手重新站起来。她摸索着前路。要是有火柴就好了。她凝神静听……她似乎听见了什么……有哭泣声……还是冷风在壁炉里咆哮？

她得上楼……得找到他们。万一他们没在那儿呢？……万一她到得太迟了呢？……万一又跟上次一样？……那两张安静的、生气全无的小脸……他们是那么信任她。那天早上丽萨还黏着她，跟她说："爸爸弄疼我了。"那是她能表达的全部了。南希很确定卡尔确实会因为丽萨尿床而打她屁股……也会因为自己过于疲惫无法早起而骂骂咧咧。她不敢反驳……但当她整理床铺的时候，床单明明是干的，所以丽萨并没有尿床。她应该在庭审上把这件事说出来的，但她无能为力。她无法思考，而且也太累了……眼下这些都不重要了。

楼梯……她紧抓着护栏……楼梯……有三段台阶……靠边走……要悄无声息。南希弯下身子扯掉脚上的运动鞋。它们太湿了，总会发出嘎吱嘎吱的声音……一定要安静……一定得上楼……这次不能再错过……上次就太晚了……不应该把孩子们留在车里的……应该预料到的……

脚下的台阶发出吱呀声。不能惊着他……上次他就慌了……也许麦克的电话让他不安……上次他们说孩子们是先被杀死之后才被抛尸水中的……但麦克在十几分钟前还活着……就二十分钟之前……他说米西病了……也许她确实病了……要赶快找到她……第一段楼梯……这层楼的卧室吗……但是没有光，也没有声音……还有两段楼梯才能上楼……到第三层了，但还是听不到任何声音。

在踏上最后一级台阶前，南希停下来调整自己急促的呼吸。楼梯顶部的门开着。她能看见墙上有微弱光亮闪烁的投影。接着她听见了……有人在说话……是麦克的声音……“不要这么做！不要这么做！”

她不顾一切地冲上去。麦克！米西！她急匆匆地往前跑，管不了是不是会发出声音了，但脚上的厚袜子削减了噪声。她紧抓着护栏的手也没有发出声音。到达楼梯顶端的时候她顿住了。灯光是从门厅里透出来的。她安静轻快跑过房间，那可能是间起居室，没有声音也没有光亮，她冲向闪着烛光的卧室。那个变态的身影正背对着她，轻笑着，一只手将挣扎的瘦小人影压在床上，另一只手正往一个金发脑袋上套反光的塑料袋。

南希一眼瞥见了麦克惊恐的蓝色眼睛，金色头发胡乱地贴在他的前额上，塑料袋紧紧覆住了他的眼皮和鼻孔，南希尖叫着：“放开他，卡尔……”脱口而出的一霎，她才意识到自己叫了“卡尔”的名字。

这男人转过身来。在那令人嫌恶的皮囊之下，是她熟悉的怒火中烧的锐利眼光。这令人窒息的塑料袋，躺在床上米西那饱受蹂躏的身躯，还有被扒下混乱地堆在一旁的红色防风夹克，一切恍如昨日重现。

她看见男人眼中的情绪由惊愕转变成狡黠。“是你。”这是她记忆中的声音。这是她七年来费尽心力想要摆脱的声音。他不怀好意地逼近她。她得引开他，麦克已经无法呼吸了。

他猛扑向她。她抗拒着，手腕却被他用力攥着。他们粗重、笨拙地倒在一起。男人的手肘死死地抵住她的侧腰。疼痛几乎让她失去意识。突然他卸了力气。他们的脸紧贴着。粗笨、苍白，他原本的身体特征现在更加显著、突出，但那酸臭的、阴沉的气味……就跟之前一模一样。

她慌乱地伸出双手全力抵抗，还咬了那肥厚、长着双下巴的脸颊一口。他暴怒地咆哮着，发起狂来，同时松了手，她挣扎着站起来，感觉到他在伸手拉扯自己。她跳上床，用指甲去抠套在麦克头上的塑料袋，他的眼球已经凸起，脸色变得青紫。她一边扭转身体躲避卡尔新一轮的攻击，一边听着麦克急促的喘息。卡尔拉住她，将她紧贴着自己的身体，南希感觉到那赤裸的身体令人作呕的温热。

噢，上帝。她用手拼命地推开他的脸，感觉到他试图翻转自己的身子。正当她顽强抵抗的时候，她感觉到身下米西的脚在动,那脚碰着她,动弹着。米西的脚动了。米西还活着。她知道的，她能感觉到。

她开始尖叫——持续不断地拼命求救。接着卡尔用手捂住了她的嘴巴和鼻孔，她徒劳地想要去咬那厚实的手掌，她无法呼吸了，眼睛被手掌挡住，漆黑一片。

她陷入了意识不清的痉挛状态，就在这时，那双手撤开了。

她被呛住了——发出巨大的哽咽声。屋子里有人在叫她的名字。雷！是雷！她试着回应，可她发不出声。

她挣扎着起身，脑袋却撞在男人的手肘上。“妈妈，妈妈，他把米西带走啦！”麦克用手晃着她，急切地叫着。

卡尔又一次猛扑过来，这次她坐直了身子。他的手臂掠过她，抓住了米西瘦小的身体，米西开始挣扎，哭喊起来。

“放她下来，卡尔。别碰她。”她的嗓子已经哑了，但他只是向她投来凶悍的一瞥，就转身离开了。他把米西紧紧抱在胸前，踉踉跄跄地跑开了。旁边的房间里漆黑一片，她听见他撞上家具的闷响，于是也跌跌撞撞地跟上去，她摇了摇脑袋，尽力让自己清醒些。楼梯上传来沉重、急促的脚步声。她聚精会神地竖起耳朵，听见卡尔穿过了前厅，看见他阴沉的身影映在窗户上。他爬上楼梯到了顶楼。他想要到顶层阁楼去。她跟在身后，赶上了他，试着去扯他的腿。阁楼仿佛一个巨大的、散发着霉味的墓穴，四周栏杆围绕，吊顶很低，黑黢黢的，南希无法辨认出卡尔的方位。

“救命！”她大叫着，“救命！”她的嗓子终于可以发出声音了。“快上来，雷！快上来！”她步履蹒跚地循着卡尔的足音往前走。可他究竟在哪儿？那梯子。他正在攀登阁楼和屋顶之间那架纤细摇晃的梯子。他要去屋顶天台。她想到了屋顶的塔楼之间那环绕烟囱的逼仄、险要的阳台。

“卡尔，别上去。太危险了。卡尔，快回来，快回来吧！”

她能听见卡尔粗重的喘息，还有那似笑非笑的刺耳冷笑。她爬上楼梯跟着他，试图拽住他的腿，但他粗暴地踢开了她的手。卡尔厚实的鞋底蹭到了她的前额，她从梯子上滑落在地。顾不上汩汩涌出的热血在脸上流淌，也感觉不到大风呼啸而来的阻力，她又重新开始攀登，呼叫着："卡尔，把她还给我。卡尔，你给我停下来！"

但他已经爬到梯子顶端，推开了通往顶楼的门。随着门应声大开，厚实的积雪簌簌落下来。"卡尔，你逃不掉的，"她哀求道，"卡尔，我可以帮你，你病了，我会告诉他们你只是病了。"

狂风翻动着门板，砰的一声将它掀开，猛砸向屋顶。米西开始哭喊起来，撕心裂肺，惊恐万状地哭号着："妈妈！"

卡尔挤上了阳台。南希撑着门框，摇摇晃晃地跟在后面。空间太狭窄了，烟囱和栏杆之间的空隙只能勉强容纳一个人。要是他失足跌倒或者不小心摔到米西……"卡尔，停下来。你给我停下！"

风雪抽打着卡尔，他转过身，想要再踹她一脚，却踉跄着向后倒去，双手紧紧地把米西抱在胸前。他撞在栏杆上，借力站直了身体。他不停地发出打嗝式的冷笑声。

积雪覆盖着阳台步道。卡尔把米西放在栏杆上，单手扶住她，对南希说："别过来，小宝贝，你再继续靠近我，我就把她推下去。告诉他们必须放我走。跟他们说休想碰我一根毫毛。"

“卡尔，我可以帮助你。把她给我吧。”

“你帮不了我。你只想让他们伤害我。”他把一只脚伸出栏杆。

“卡尔，别这么做。你一向都很怕水。你不会希望海水没过你的脸。你清楚这一点，所以我一直都知道你肯定没有自杀。你没法淹死自己。你很清楚这个，卡尔。”她竭力使自己听上去冷静沉着又宽慰人心。她又向着栏杆的方向前进了一小步。米西伸出了双臂，渴求着母亲的怀抱。

接着她听见一声……清脆的断裂的声响。栏杆断了！她眼睁睁看着不堪重负的木质栏杆在卡尔身下断开。他头向后仰，双臂向前扒拉着失去了平衡。

他放开了米西，南希冲上前抓住了她的孩子。她的双手薅住了米西的长头发，抓紧，翻身，将她紧紧抱在怀里。她的身子在阳台边缘摇摇欲坠，栏杆就快碎了。卡尔跌出去的时候，尖叫着抓住了她的腿。

就在南希快要被拽下去的时候，一双坚实的臂膀从后腰抱住她，那双手抱住她，支持着她。一只手有力地托起米西的脑袋，把她们母女二人一起拉了回来，她再也撑不住了，瘫倒在雷怀里。卡尔发出最后一声绝望的呐喊，从阳台上掉落，滑过结冰的、倾斜的屋顶，跌进了海浪咆哮、暗礁满布的深渊中。

第三十一章

火焰包裹着厚实的圆木，房间里弥漫着壁炉和新鲜咖啡混合的温暖味道。南希和雷还在医院里陪着孩子，另一边威金斯夫妇打开门店，带来三明治冷盘，帮着多萝西筹备晚宴。

两人到家后，南希坚持邀请电视台的工作人员以及出镜记者一起就餐，乔纳森也欢迎他们到自己家里休息。他们拍摄了南希和雷从汽车里把孩子们抱回家的画面，还约好了次日就此事进行采访。

“同时，”雷对着扩音器说道，“我们也要感谢今天所有祈祷孩子们平安归来的人。”

肯尼斯一家人也来到了埃尔德雷奇家，分享他们的喜悦。他们一直担惊受怕地等待着报告线索的机会，一直笃信是因为祈祷才让救援行动获得了成功。我们都只是芸芸众生，都是智力平凡的普通人，艾伦想着。一想到尼尔曾经跟那个疯子对话，她就感到后怕。要是那天他让尼尔上车……

南希坐在沙发上，紧紧抱着甜睡中的米西。喝过热牛奶和阿司匹林的米西很放松，身上散发着维克斯药膏的薄荷味，她偎依在母亲怀中，抓着昵称为“蜜蜂”的旧毯子，盖住面颊。

伦登温和地向麦克发问，他正在回答——字斟句酌地讲述着事件经过。他起初很亢奋，语速也很快，现在渐渐平静下来，甚至还有些自豪：“……有个好人和那个坏蛋扭打起来，他冲我大叫，让我去搬救兵，可是我不想丢下米西一个人逃出那所房子。所以我又回去找米西，并且给妈妈打电话求救。可是后来电话断线了。我决定把米西抱下楼梯，但这时那个坏人回来了……”

雷环抱着他：“好孩子，你真是个男子汉，麦克。”雷的视线一刻也无法离开南希和米西。南希脸色苍白还有瘀伤，但在他眼中却如此沉静、美丽，以至于他说话都差点结巴起来。

柯芬警长放下手中的咖啡杯，又回顾了一遍他即将对媒体发布的声明：“卡尔·哈蒙教授，化名考特尼·帕里什，被打捞起来的时候还活着。临死之前，他依然神志清醒并发表了声明，承认在七年前他独自谋杀了自己的亲生孩子，丽萨和皮特。他还坦白南希母亲之死也是他一手造成的。察觉到她可能会妨碍自己迎娶南希，卡尔趁着她和南希在餐厅的时候，设法堵塞了她车子的控制系统。昨天约翰·克雷格鲍罗斯先生遭到了哈蒙教授的袭击，目前因为脑震荡在科德角医院的重症监护室里，不过医生说他能渐渐康复。埃尔德雷奇家的孩子们也进行了体检，他们都没有受到性侵犯，不过小男孩因为被扇了一巴掌，有一边脸上还有瘀伤。”

警长感到自己的每一寸骨头都疲乏无力。发表完声明之后，他就独自回家了。蒂利亚会在家里等着他，追问他关于事件发生的每一个细节。他想着，那种时刻才让他感到自己的警察工作是有意义的。因为这份工作，他实在是见识了太多的悲痛。有些时候，作为警察必须得通知父母，他们的孩子去世了。这次在监视所里平安寻回了两个孩子，确实是值得庆贺的。

明天。杰德想着明天真的要好好反省自己。今天早上，他因为没有辨认出南希的真实身份而迁怒于她。因为对她先入为主的误判，导致他一直在钻牛角尖儿，并且忽视了乔纳森、雷、博士和南希本人一直在向他传递的信息。

但至少在千钧一发之际，是他载着雷到达了监视所屋顶的阳台。没有人能够在冰封的山路上开得比他更快了。他们在道路拐弯处，看到南希的车撞在树上抛锚了，当时雷想停车的，是他坚持往前走。他凭直觉判断南希不在车里，而是在那房子里。事实证明他的预感是对的。因为这个，他的自责稍稍减轻了些。

得到伦登的点头示意之后，多萝西安静地满上了他的茶杯。伦登想着，麦克会没事的。自己很快会再来岛上拜访他们。他会跟孩子们和南希聊聊，帮助她彻底地正视过往，并放下伤痛。南希不会需要太多帮助。在经历了那么多事情之后，她还能坚强地从这次的恐怖事件中幸存下来，堪称奇迹。她是个意志坚强的人，经过这次的考验之后一定能够涅槃重生，重新投入到未来的正常生活之中。

伦登的内心很平静。他已经为自己上次的疏忽做出了补偿。如果普里西拉去世的时候，他就能见南希一面，这一切都不会发生了。他会意识到卡尔·哈蒙不对劲，并且想办法从他身边带走南希。但如果这样，她就无法遇到这个年轻男人，也就是她现在的丈夫。她怀里的两个孩子也不会降生了。

伦登感到归心似箭，巴不得立刻回到艾莉森身边。

“要喝咖啡吗？”乔纳森回答了多萝西的问题：“要一点，谢谢。平时这个点我是不会喝咖啡的，但我想今晚我们都会睡得很沉。”他仔细地端详着多萝西，“你怎么样？你一定也累坏了。”

他看见一种难以言表的悲伤弥漫在多萝西的眉梢眼角，也猜到了背后的原因。“我有必要劝你一句，”他掷地有声地说，“你完全没有必要自责。今天我们都忽视了很多线索，以至于可能酿成大错。我每天早上经过那房子的时候，都会被一道晃眼的亮光闪到眼睛。就在今天早上，我还想着让雷跟监视所的租户沟通一下，让他撤掉窗前反光的东西。根据我所受的司法训练，我应该记起这一点的。如果去搜查这房子，我们很快就能发现监视所有问题。

“而且你也有不可磨灭的贡献，如果不是你坚持履行带克雷格鲍罗斯先生去看房的约定，卡尔·哈蒙的邪恶意图恐怕已经得逞了。是你把他的注意力从米西身上转移到别处。我想你刚才肯定也听到麦克的话了，是你的那通电话中止了他的行动。”

多萝西若有所思地听着他的话，然后心悦诚服地同意了他的观点。自责和懊丧的担子落了地，突然之间她的心情变得轻快、愉悦，能够全身心投入到团聚的喜悦之中了。“谢谢你，乔纳森，”她坦白道，“我确实很需要这样的劝解。”

她无意识地抓紧了他的手臂，他有意地用自己的手握住多萝西。“现在行驶在这公路上还是很危险，”他说，“晚些时候，让我载你回家吧，这样我比较放心。”

都结束了，南希想着，一切都结束了。她的手臂紧紧地抱着熟睡中的孩子，米西微微动了动，喃喃地叫着“妈妈”，然后又重新沉入梦乡，发出平稳轻柔的呼吸声。

南希看着麦克。他背靠雷站着。南希看到雷轻柔地让他坐到自己的大腿上，对他说：“小伙子，你今天太累了，我想你应该上床休息了。今天过得真是辛苦啊。”

南希还记得当那双有力的胳膊抓住她、抱起她，让她和米西免于跌落时的感受。和雷在一起时她总是有这样的感觉，她总能感到安全。今天她清楚地看见、了解也接受了这份及时到来的安全。

南希的全部身心都被内心深处油然而生的感恩之情充满：谢谢你，谢谢你，谢谢你，是你拯救我们于水火之中。

她意识到冰雹不再敲击窗户，呼啸的风声也停息了。

“妈妈，”麦克带着睡意说道，“今天我们都没给你安排生日派对，而且我也没有给你准备礼物。”

“别担心，麦克，”雷说，“我们明天会庆祝妈妈的生日，我知道送她什么礼物最好。”紧张和疲乏奇迹般地从他脸上消退了，南希看见光芒在他的眼神中闪烁。他直直地盯着她，“让我来揭晓礼物是什么，亲爱的，”他自告奋勇地开口，“孩子们的礼物是，让你跟随一位好老师学习绘画课程，而我的礼物是，让你去美容院染发。”

他站起来，轻轻把麦克放到椅子里，走到她身边。他仔细审视着南希的秀发，说：“亲爱的，我感觉，这红头发一定已经困扰你很久了。”

跋

《幸福家庭的秘密》是我的第一部悬疑小说，它的出版使我的生活发生了翻天覆地的变化。

我之前也一直从事写作，并且靠给电台节目写脚本为生。我也出版过一些有趣的短篇故事。写作是一项繁重的工作，但酬劳一直很微薄，因此我决定试着写一本真正的书。

我写的第一部小说是乔治·华盛顿的人物传记。我花了整整三年的时间创作，但它的出版没有引起一丁点儿关注，直接被送到了书店里的低价促销区。这并没有折损我写书的决心——我把这视为一次成功的尝试。毕竟，它成功出版了。话虽如此，在内心深处，我依然希望自己的下一本书可以大卖。

就是在那个阶段，我在整理自己的藏书时，突然发现，当我有空阅读时，悬疑小说永远是我的首选。很明显这是我最爱的题材。一开始我喜欢看女性侦探为主角的书，例如以朱迪·博尔顿和南希·德鲁为主角的作品。之后我又迷上了阿加莎·克里斯蒂、约瑟芬·铁伊、奈欧·马许、夏洛特·阿姆斯特朗、米翁·埃伯哈、达芙妮·杜穆里埃等人的作品。不论何时，一旦开始阅读，我都会想跟上作者的思路，猜测谁是反面人物，在谜底揭晓前破解玄机。这些作家都是极好的老师，渐渐地我开始学会她们的写作技巧。

我以一个古老且广为人知的故事来阐释一下我指的是什么。有一个版本的《汉斯和格雷特》讲的是在标记走出森林的路线时，汉斯丢下光滑的小石子，而格雷特丢下面包屑。当两人原路返回时，他们发现小石子还在原地，但面包屑却被小鸟吃光了。

同理，悬疑小说家们也会在文中留下风格各异的“小石子”或“面包屑”，并邀请读者跟随这些线索完成揭秘之旅。看似是重要线索的“面包屑”很快就失去了价值，而与故事背景融为一体的“小石子”才是真相大白的重要伏笔。多年之后，我非常善于分辨二者的差别。

作为一个读者，我深爱悬疑小说。我认为自己真正明白背后的构思，所以我也试着开始写。

我重拾了写作课上的一些创作建议：以一个让你感兴趣的

真实案件或情景为基础，扪心自问两个问题："假如……""如果……又会怎样？"然后把它变成一部小说。

当时纽约正好发生了一件轰动全城的大案，几乎霸占了报纸的头版头条以及电视新闻。一位二十六岁的美丽少妇爱丽丝·克里明斯，被指控谋杀了自己五岁的儿子和三岁的女儿。媒体持续跟进这个案件，她最终被判为两宗谋杀案的凶手，但后来由于一些法律上的技术细节，案件停止推进了。她仅仅在监狱中待了很短的一段时间，就重获自由。她出狱之后，就立刻再婚，并消失在公众的视野之中。

这案子一直拖延了好几年，并且受到媒体的极大关注，几乎到处都能听到人们对此的议论，几乎人人都在发表对爱丽丝·克里明斯是否有罪的看法。只要一提起她的名字，就无可避免地会展开一场论战。所以我向自己提问："假如……""如果……又会怎样？"

假如这位美丽的年轻母亲被起诉，并被判定故意谋杀了两个年幼的孩子？假如因为法律程序的技术性问题导致判决被推翻，她得以从监狱中被释放出来？假如她另嫁他人，开始了全新的生活。七年过去，再婚后生育的两个孩子却在去世孩子们的忌日当天又再次失踪？

我意识到这故事能成就一本畅销书，接着便开始谋篇布局。我最先考虑的是故事发生的地理背景。那时，我正好在马萨诸塞州的科德角租住了一间避暑小屋，并且为这地方深深着迷。科德角有适宜散步的僻静沙滩，还有景色撩人的夕照，这一切足够让人度过一段无忧无虑的欢乐时光了。这里也有掀起惊涛骇浪的狂暴飓风，倾泻的暴雨被狂风裹挟着在科德角狭窄的沙滩带上肆虐。总之，这地方的气候也很有趣。

对于一个年纪轻轻却又饱经风霜的女人来说，没有比这地方更适合避世隐居的了。科德角民风保守，人们很尊重他人隐私，永远不会侵入私人区域，或是追问一个离群索居的人。

我最开始创作故事大纲的时候，眼前总是浮现出这个年轻女人的样子——南希·哈蒙，她离开了洛杉矶，登上一辆横跨美国的长途汽车，她的目的地是科德角。当她还是个小女孩儿的时候，曾在此处游玩，并认为这个宁静的小地方能够治愈她内心的伤痛。

起初，我将这本书命名为《残生余烬》，这短语是我在法国国王路易十四的一位情妇所撰的回忆录中看见的。她曾替路易十四生下一个孩子，不曾想这孩子却在八个月之后不幸夭折了。她在备忘录中写道："随着婴儿的离世，我感到自己变得不完整，往后不过是残生余烬。"我认为用这句话作为小说的标题再合适不过了，毕竟南希生命的一部分也随着两个孩子的死去而枯萎了。从那时起，她就竭尽全力将所有关于孩子们的记忆都封存起来，但现在她不得不在短时间内想起关于孩子们失踪的一切细节，只有这样她才能挽救自己的第二个家庭。

我写这本书的时候，还是电台的一名全职员工，我花了整整三年的时间来完成这本书。终于大功告成的时候，我知道整个故事已经足够丰满了。我在日记中写道：“我总算完成了这本书，并且感觉还不错！”

我还记得把初稿交给经纪人秘书那天，我穿着一身黑白条纹的套装——对我来说，那天意义非凡。整整六周过去了，我没有从经纪人那儿得到任何反馈。我怯生生地打电话问她：“帕特，请问你有没有可能挤出一点时间看看我的书呢？”

帕特·梅雷在成为经纪人之前曾经是一名资深编辑，她常常把我的短篇小说拆得七零八落，在正式付梓前让我多次返稿修改。但这次她告诉我，这部书稿没有修订的必要，已经直接投递到出版商那里去了，就是在那一刻，我知道自己总算正式踏入文学圈子了，我预感这本书一定会大卖。

三十年前，当我创作这本书的时候，世道和现在还不太一样。针对儿童的性骚扰几乎是一个禁忌话题，但当时却没有明确的法令可以处理类似情况。读者们一眼就看得出来，这个绑匪同时也是一个恋童癖。因此，有两家出版社退回了我的初稿。他们担心孩子们历经危险的情节会使女性读者不适。幸运的是，美国西蒙 & 舒斯特国际出版公司决定给这个故事一个面世的机会，于是买下了版权。

当时西蒙 & 舒斯特国际出版公司的编辑菲利斯·格兰建议我换一个书名。她担心《残生余烬》这名字听上去可能更像一个波澜壮阔的犯罪故事，因此书名被改为更加直截了当又形象生动的《幸福家庭的秘密》。

这本书的出版标志着我人生的启航，同时开启了我与美国西蒙 & 舒斯特国际出版公司愉快的长期合作关系，直至今日依然如故。

玛丽·希金斯·克拉克